Richard Palachak

# KALACHE

Nouvelles noires

BLACK-OUT

Black-out

ISBN : 978-2-916753-44-7

Crépuscule halluciné
Je sors de mon corps
Et m'évapore
Chaque nuit
Dans le charbon de mon âme constellée
À la recherche de ton astre en ballade
Et je rêve que tu me prends par la main
Et que tu m'entraînes
Du côté de la Krasnaïa Plochtchad[1]
Où nous dansons
Où nous nous aimons
Où nous existons
Enfin
Mon frère d'oubliance
Tu sais très bien que l'onirisme se meurt
Déjà
Et que le cauchemar du jour recommence
Car tu n'es pas là.

---

1 Krasnaïa Plochtchad : Place Rouge en russe, graphie latinisée.

# L'HISTOIRE DU NAIN

## 1

Syntax Error : un frère. Gino le bogosse à la peau mate et au regard azuréen, Gino le rital au look smart, Gino la fleur sauvage et diaprée poussant sur une bouse de vache verdâtre : Vesoul.

Syntax Error : Vesoul. Une bouse de vache rongée par des milliers de bouseux aussi sensibles à l'élévation qu'un clodo l'est à la politique : rien à brandouiller.

La passion de Gino : les femmes. Son exécration : les femmes. À quarante ans, il arriva à l'ultime conclusion d'une solide éducation sentimentale : « être misogyne et paranoïaque, c'était être réaliste ». De mon côté, j'étais moins restrictif. « Misanthrope et paranoïaque » me semblait plus juste. Syntax Error : les femmes.

Gino fut toujours passionné par les belles voitures et les grosses motos. Surtout celles qui roulaient vite et qui claquaient, tape à l'œil, puissantes et racées, un peu à l'image du personnage.

Un soir d'infâme beuverie dans son appartement de la place du Commandeur, situé juste au-dessus du cabinet où il bossait, Gino me parlait de la nouvelle Alfa qu'il allait s'acheter, catalogue en main :

« T'as vu un peu la caisse ? Le modèle sport monte à 300.
– La vache !
– En noir, kest'en penses ?
– Belle caisse.
– Moi je la veux en rouge.
– Comme ta moto ?
– Rosso Corsa.
– Et tu l'as toujours, ta moto ?
– Ouais, mais je vais la changer d'ici un an.
– Pourquoi, elle te plaît plus ?
– Si, mais j'aime bien changer.
– Comme avec les femmes.

– Du veau, du veau, toujours du veau… Au bout d'un moment, tu te lasses. »

Gino s'alluma une cigarette et se resservit un verre de pinard. De mon côté, j'allai couper du sauciflard. Dehors, des nuages de merles virevoltaient par vagues, emportés par le vent, dessinant spirales et tourbillons en forme de gouttes d'eau. Le tumulte en était assourdissant. On aurait cru que cette cohue de pierrots était là pour encourager le sport favori des hommes, la conversation alcoolisée entre baloches, depuis les tribunes endiablées de platanes alignés autour de l'arène d'un parking vide et ombragé. Seuls acteurs en scène : un monument aux morts poussiéreux et deux tape-culs rouillés.

## 2

Gino reprit :

« Je t'ai déjà parlé de l'histoire du nain ?

– Non.

– C'est quand j'ai eu ma première moto… »

Il se mit à me la décrire, mais comme je n'y connais absolument rien en bécane, je ne me souviens pas de ces détails. En revanche, je sais que je devais attaquer mon troisième litron de bière, ce qui ne favorise guère la mémoire.

« J'allais voir ma mère avec cette pétoire, dans le magasin qu'elle tenait derrière l'église.

– Dans la rue où c'est qu'il y a l'encadreur de tableau ?
– Talleyrand.
– Ouais, Talleyrand.
– Ben elle avait son magasin juste en face, et moi je garais ma meule sur le trottoir qui longeait la boutique.
– Et alors ?
– Alors y'avait un nain qu'habitait juste au-dessus. Et dès qu'il m'entendait arriver en pétaradant, il sortait la tête par la fenêtre et me dévisageait.
– Ha !
– Tiens-toi bien. Voilà qu'un jour il m'alpague : « Eh toi ! T'avise plus de garer ta rinçoir ici ! - Sinon quoi ? » Je lui fais. « Sinon tu verras ce que tu vas voir ! »
– Ouah ! T'as réagi comment ?
– J'en avais rien à battre, j'ai laissé ma moto et je suis allé voir ma mère. Les autres jours, j'y ai plus pensé et j'ai continué de me garer sur le trottoir. Figure-toi qu'à chaque fois, le nain sortait son blair de la chapelle et me détronchait.
– Ça te faisait pas flipper ?
– Tu rigoles ou quoi ? Je voyais pas bien ce qu'il pouvait faire.
– Appeler les flics ?
– Merde, je m'arrêtais cinq minutes pour embrasser ma mère ! Kestu voulais qu'on me dise ?
– OK, il a fait quoi ton nain ?
– L'impensable. Voilà qu'un jour, je sors du magasin et trouve ma moto couchée sur le sol avec le rase-terre

coincé en-dessous qui se débattait. J'imaginais déjà les dégâts : bosses, éclats, éraflures, etc. Le nain s'est extirpé en repoussant ma bécane d'un coup de savate, l'air mauvais. Alors j'ai vu rouge. Toutes mes années de boxe se sont déversées sur sa face à beignes : direct du gauche, crochet du droit, uppercut sous le menton et ainsi de suite. J'étais en rage, totalement hors de contrôle. Sa tête rebondissait sur mes poings comme une balle de jokari, projetée contre un mur, un pare-chocs de bagnole, et finalement l'arête d'un trottoir. C'est là que j'ai entendu des badauds hurler : « Arrêtez ! Vous allez le tuer !!! ». Mais le corps du nain gisait déjà sur le sol, inanimé, la tête boursouflée comme après une attaque d'abeilles.

– Putain, t'as tabassé un nain ! »

Tout en me bidonnant tel un cornichon, j'étais consterné.

« Ouais, j'ai tabassé un nain… »

Gino éteignit sa clope en esquissant un sourire songeur, non pas comme s'il eût été fier, mais comme si cette histoire avait une quelconque signification symbolique.

« T'as tabassé un nain !!! » que je répétais en boucle. « T'as tabassé un nain, c'est ignoble !

– Peut-être mais pour moi, c'était pas un nain. Je veux dire que je m'en torchais qu'il s'agisse d'un nain, d'un géant, d'un chauve, d'un barbu, d'un gros ou d'un triquet. Je l'ai traité sans faire de différence. En un sens,

je l'ai respecté. Il a payé le tarif adulte normal, sans réduction ni majoration, avec la considération que chaque individu mérite.
– Et keski s'est passé, ensuite ?
– Rien. Je l'ai plus jamais revu.
– Sans déc ?
– À part un coup, dans la rue.
– Et alors ?
– Il a changé de trottoir. »

Quand je me suis rendu
Aux trois balançoires
J'ai bien vu trois pendus
Mais pas une ombre
Au milieu des feuilles mortes.

# LA LOTERIE

## 1

Plus jeune, je fréquentais les boîtes de nuit. C'est même là que je rencontrai mon ex-femme, un vieux coup de bol d'ivrogne. Comme j'avais un peu de succès à l'époque, des cheveux, quinze kilos en moins et l'impétuosité de la jeunesse, je me casai rapidement. Alors je continuais d'aller en boîte pour boire, et ma femme y allait pour danser. Pourquoi ? Parce que les mecs aiment boire et que les femmes aiment danser.

Donc je me torchais au whisky avec tous les débiles de la région qui squattaient le comptoir. Potes, vagues connaissances ou parfaits inconnus, qu'importe. L'alcool et la fête rapprochaient les pochetrons, exagéraient les sentiments réciproques tels que l'amour et la haine, poussaient commodément de la fraternité chaleureuse à la baston.

À force de me torcher au « Jet7 », je commençais à connaître du monde, aussi bien du côté des clients que du staff. Y'avait les barmaids, sympas comme des gardiennes de prison, les cogneurs, tous des collègues de la salle de muscu, et puis les employés de parking, des esclaves de la nuit payés à coups de fronde. Enfin y'avait le couple proprio. Lara, une maniaque de la caisse enregistreuse à l'affût du moindre euro. Et Serge, un grand gaillard aux cheveux plaqués en arrière et gominés façon mafieux.

Toujours entouré de ses hommes de main, le patron savait amuser la galerie, régaler sa cour d'habitués les plus fidèles, et surtout cogner dès qu'il en avait l'occasion. Il m'avait à la botte, me serrant la pogne et me tapant dans le dos à tire-larigot, toujours avec le sourire. Il arrivait aussi parfois qu'on échange quelques banalités, avec la dose habituelle d'humour et de superficialité du monde de la nuit. Que des conneries en somme. Mais voilà qu'un jour, plus sérieusement qu'à l'accoutumée, il me sortit :

« Tu voudrais pas bosser pour moi, Kalache ?

– Bosser dans quoi ?
– Videur. C'est la pénurie en ce moment.
– Pourquoi moi ?
– Parce que t'as la carrure et la tronche.
– Ouais mais la baston, c'est pas trop mon trip.
– Je veux pas que tu bastonnes, je veux que tu chopes les petites merdes et que tu les balances dehors. C'est tout.
– Rien de plus ?
– Non, je cherche pas des cogneurs mais des videurs.
– Combien ?
– 60 euros pour commencer.
– Ça fait pas cher la nuit. Et la prime de risque ?
– Si t'assures et que tu restes un peu, ton cachet va rapidement grimper en flèche. C'est juste une paye de formation.
– Je réfléchis et te redis, Serge. »

Une quinzaine plus tard, j'avais la panoplie complète du cogneur : costard cravate, oreillette et talkie. Serge me jeta à l'eau comme un puceau au milieu d'une orgie de masse. Le monde de la nuit ne faisait pas de cadeau de bienvenue. Fallait assurer de suite ou bien on dégustait. Mon formateur s'appelait Gilles, un gros balèze à la face de boxeur, nez écrasé et oreilles taillées à la serpe. On se connaissait depuis longtemps, tous deux dans la passion de la fonte, des stéros et de notre propre nombril. À l'époque, on dégueulait de muscles. Les instructions de Gilles étaient simples :

« D'abord, y'a l'oreillette et le talkie. Si tu vois une baston, tu presses le bouton rouge et puis t'annonces trois fois l'endroit exact de la castagne : petite salle, grande salle, couloir, entrée, toilettes, etc.
– Et si quelqu'un appelle ?
– T'es con ou quoi ?
– Non.
– Ben tu rappliques tes miches au plus vite.
– Et je fais comment pour sortir un mec ?
– T'arrives par derrière.
– Et si je suis de face ?
– Tu te décales. Au besoin, tu le retournes.
– Et après ?
– Tu le chopes par les bras et commences l'évacuation.
– Et si le gars se rebiffe ?
– Tu lui fais une clé à la gorge et tu serres. Plus il se débat et plus tu serres. Par contre, surveille bien sa respiration. Si le type étouffe, tu relâches doucement la pression. »

Grâce à ces conseils, j'en sortais au moins trois par soir. Au début, je fus déconcerté par la facilité de la tâche. Les poivrots n'avaient aucun équilibre et côté videurs, on était sobres et solides sur nos appuis. Qui plus est, la plupart des clients avaient vingt kilos de moins que nous. Du coup, j'avais l'impression de soulever des pantins.

Cette façon de faire m'arrangeait bien car je n'étais pas bagarreur. Par la suite, j'appris aussi à ne plus confondre boxe et baston. Dans le deuxième cas, c'était l'efficacité qui primait, la lucidité, la différence de poids et surtout le vice. Fallait faire la salope, oublier les règles d'honneur et de respect, fallait jouer la gagne.

Y'avait des rixes tous les soirs, entre cinq et dix, et parfois ça n'arrêtait pas. Les clients n'y voyaient que du feu, aveuglés par l'euphorie de la fête. C'était souvent expéditif : quelques secondes en moyenne. Fallait être vigilant, scruter constamment les moindres recoins de la carrée, décrypter les comportements et analyser les interactions pour anticiper les explosions de violence.

L'idéal était de séparer les excités avant qu'ils n'en viennent aux mains. Pour ça, fallait les calmer avec un mélange subtil d'humour, d'écoute et de fermeté. Le problème, c'était que la plupart des videurs n'en avaient rien à battre. Ils étaient juste là pour la parade, à profiter de la bamboula tout en gagnant du pognon. Quant aux bastons, il était hors de question de les empêcher, bien au contraire. Un bon vieux coup d'adrénaline permettait de se défouler tout en passant le temps.

## 2

Gilles, son truc, c'était de regarder par terre. Chaque soir, il mettait la main sur un billet de 5, de 10 ou de 20 euros. Les clients bourrés avaient les poches trouées, semant le fric à l'aveugle et par inadvertance. Et Gilles était là pour faire la récolte. Il veillait en permanence, à l'image d'un chercheur de trèfles à quatre feuilles, avec cet œil et cette patience hors du commun propres aux passionnés. Dieu sait que j'ai essayé de l'imiter, en vain. Excepté une fois, tandis que je sortais les poubelles avec deux barmans.

Comme j'aimais bien ces deux compères, je les aidais souvent à porter les énormes barils farcis de bouteilles vides jusqu'au container le plus proche, dans un coin sombre du parking. L'un s'appelait Steve, un petit rigolo qui servait les bouteilles en salle, et l'autre Thomas, une vraie gueule d'ange sexuellement incompatible avec la gent féminine, il désespérait toutes les nanas. Un soir de corvée, je flairai le coup de filet du siècle : une liasse de billets serrée par un élastique. Le problème, c'est que Thomas la vit en même temps que moi et se jeta dessus en premier.

« La vache ! Y'a cinq cents euros ! On fait quoi ?

– On partage ? lança Steve.

– Moi je prends cent, que je fis, ça pue trop cette histoire. Partagez-vous le reste et tirons-nous fissa. Faut pas qu'on nous voie et surtout, faudra bien fermer vos gueules. »

Les deux barmans acquiescèrent et on se barra chacun de son côté, l'air de rien.

Malheureusement pour lui, Steve ne parvint pas à tenir sa langue. Quelques semaines plus tard, y'avait déjà plein de ragots qui circulaient. Il n'avait pas pu s'empêcher d'ouvrir sa grande gueule et de fanfaronner devant ses faux amis de comptoir. Il fut inutile de lui remonter les bretelles, le mal était fait. Deux caïds lui mirent le grappin dessus et le passèrent à tabac. Il avait quinze jours pour raquer l'intégralité du butin, plus les intérêts. Mais avec le temps, l'affaire se tassa, Steve ne paya jamais ses dettes et les truands s'évaporèrent. Taule ? Rédemption ? Mort ? On ne sut jamais, n'empêche que je flippai ma race.

## 3

Averti de mon efficacité, de mon sérieux et de ma pugnacité, le patron me gratifia d'une promotion en carton, avec l'augmentation qui va avec. Un cadeau empoisonné. Je fus affecté à la porte à mi-temps. En première partie de soirée, quand c'était le coup de feu à l'entrée, j'étais outdoor. En deuxième partie, quand l'alcool avait fait ses ravages, j'étais indoor. En gros, je suivais la merde où elle s'écoulait.

Les fins de nuit en salle, c'était toujours craignos. Une fois les lumières allumées et la fermeture annoncée, la face sombre de l'alcool se dévoilait. Pourtant Dieu sait que j'aime l'alcool… Mais un tel niveau de décadence, quand on est sobre, ç'a vraiment de quoi vous écœurer de la picole. Imaginez un joli gazon lustré qui scintille sous le spotlight enivrant de la lune, et qui se révèle être un terrain vague atomisé de chiures de clébards au lever du jour. Les nanas gerbent et chialent à tout vent, les mecs se fritent ou s'accrochent au bar pour la vie. C'est là que le terme videur prend pleinement son sens. L'objectif est de jarter tout le monde afin de pouvoir rentrer chez soi tout en s'efforçant de limiter la casse. Cela implique de porter sur ses épaules des filles ravagées, dégoulinantes de sueur, de maquillage et de pleurs puis de dégager manu militari tous les becs-à-merde excités par l'odeur de la baston. Enfin, faut négocier avec tous les autres, en respectant l'échelle des valeurs du proprio : d'abord la masse des inconnus, puis le groupe des fidèles habitués, enfin le cercle VIP. Quant à la garde rapprochée du boss, elle restait pour l'after, avec une poignée de clients triés sur le volet : des travelos rigolos pour la poilade, des invités de marque pour le business et quelques biatchs pour l'ambiance.

Une fois le nettoyage terminé, on bouffait, on piachait et on se détendait. Mais la vérité, c'est qu'on restait surtout pour l'enveloppe et son contenu secret. Car personne n'était payé pareil, même pour un poste identique. Du coup, les privilégiés fermaient leur gueule afin de garder les faveurs du patron, et les discriminés fermaient leur gueule afin de ne pas passer pour des cons.

# 4

Luc était un gars bien, il occupait le pire poste de la boîte : physionomiste. En gros c'était lui qui disait « tu rentres » ou « tu rentres pas ». En réalité, c'était rarement lui qui décidait, surtout au début. Avant que ses larbins de comptoir n'arrivent et que le Jet ne vole en pilote automatique, le boss était derrière la porte à faire chier son monde, le nez collé aux écrans de contrôle et la bouche cousue au talkie : « eux, ils rentrent pas », « lui, tu me le dégages », « lui c'est bon », « lui, tu vires »... Et c'était à Luc de gérer sans la moindre explication.

Parfois, des habitués finissaient en disgrâce. Du coup, ils caltaient rien et Luc ne pouvait pas leur dire que la décision venait du chef. C'était un vrai merdier pour s'en débarrasser. Puis y'avait les prises de décision évidentes. La plupart du temps, les groupes à risque se faisaient déjà remarquer sur le parking et le verdict était prononcé bien avant qu'ils n'atteignent la porte. Les marqueurs de danger se situaient à deux niveaux : le langage et la démarche. Les petites frappes avaient une manière de parler, de se déplacer et de se tenir qui les trahissait immédiatement. Le langage skyrock, le regard menaçant, la vêture stéréotypée du loubard à deux balles, et la démarche en pas de danse qui fait ballotter la tête des chiens en plastoc sur les banquettes arrière des bagnoles tunées. C'était comme s'ils avaient un gyrophare sur la tête : « Pourquoi je rentre pas, enculé ? Et pourquoi y'me téma, l'autre ? T'as un problème, bâtard ? »

Bien évidemment, on ne mouftait pas. Les racailles attendaient la moindre excuse pour nous sauter dessus, à six mecs contre deux et armés jusqu'aux dents, histoire de ne rien laisser au hasard. Alors on les laissait se fatiguer et ils finissaient par se tirer. Parfois on les gazait avec des bombes lacrymogènes aussi grosses que des extincteurs, on fermait la porte et on appelait les flics. Quand la BAC arrivait, ça courait dans les fourrés et les cow-boys faisaient un carnage. On entendait les pignoufs gémir et couiner, suppliant leurs bourreaux d'arrêter le massacre. Quant à la police municipale, c'était une tout autre affaire : ils arrivaient bien pépères, descendaient tranquillou de leur Citroën Berlingo, et commençaient par serrer la main de tous les marlous. Ces flics-là chiaient dans leur froc : « Partez chacun de votre côté, s'il vous plaît messieurs, allez ! C'est fini maintenant, veuillez circuler. » Dans ces moments-là, Luc était atterré :

« Mais c'est eux qu'il faut dégager, ils menacent le personnel et terrorisent les clients !

– Serrez-vous la main et faites la paix. Ce n'est pas en envenimant la situation que vous allez arranger les choses. »

Ces fonctionnaires de la ville étaient tellement cons que les zonards en remettaient une couche :

« Y nous ont insulté M'sieur, parsk'on est pas d'accord qu'ils veulent pas qu'on rentre !
– Alors comme ça, messieurs les miliciens non assermentés, vous vous adonnez librement à l'insulte et à la discrimination ? »

Voilà comment ça finissait avec la flicaille. Ces poltrons repartaient dans leur caisse à savon et nous laissaient nous démerder. Heureusement, les jeunes se lassaient rapidement de cracher dans le vent et finissaient par se tirer.

## 5

L'essentiel des embrouilles ne franchissait pas le seuil de la porte. Un bon filtrage à l'entrée limitait considérablement la casse. Mais c'était Luc qui devait porter le masque du connard de service, à la ville comme à la scène. C'était LUI qui refoulait, LUI qu'on voulait dégommer, LUI qui prenait les plus gros risques. Donc forcément, il exécrait son job. Contrairement aux autres cogneurs qui vivaient la fête de l'intérieur, Luc passait pour une tête de boche, mettant en péril sa famille et se caillant le cul tout l'hiver.

Du coup, il était pas mécontent d'avoir un peu de compagnie à la porte, d'autant plus qu'on s'entendait bien. C'était un gros balèze qui n'avait peur de rien, mais aussi un gars sympa qui adorait la déconne. Souvent, il charriait les clients, ni vu ni connu : « Vise un peu les deux poufs qui se ramènent, Kalache : t'as la vache kényane et la montbéliarde. Regarde un peu la grosse, elle a des orteils qui ressemblent à des knacki-balls. »

Le rire narquois nous permettait de décompresser en lâchant un peu la vapeur d'une cocotte-minute prête à nous péter dans les mains à chaque instant. Luc était loin d'être con, et c'était pour cette raison merdique que Serge l'avait condamné au supplice de la porte, avec le plus beau salaire à la clé, juste histoire de faire passer la pilule, car il en allait de la survie de son entreprise. Fallait qu'il y ait le moins de débordements susceptibles d'impliquer les membres de la sécurité. Si ça chiait, y'avait toujours le risque d'une plainte et d'une condamnation judiciaire, auquel cas le patron aurait été reconnu responsable et le Jet sanctionné par une fermeture administrative. La ruine potentielle d'un business florissant.

Et Luc était l'homme de la situation, capable d'adapter la force de la réponse à la puissance de l'attaque, de faire des prouesses de diplomatie sans ne jamais passer pour un faible, de fermer les yeux sur ce qui se passait dehors… et surtout de fermer sa gueule. J'aimais bien le dérider avant que les tout premiers clients n'arrivent. Comme c'était mon heure, j'allais chier en laissant le micro de mon talkie allumé. C'était puéril mais ça marchait à tous les coups. Puis on se racontait tout un tas de conneries, avant que la cohue ne débarque.

Beaucoup de clients rappliquaient déjà bien éméchés et nous gonflaient d'entrée, car ils ne comprenaient pas que notre apparence de connards était fondamentale. Et dans ce domaine, Luc n'avait pas besoin de se forcer. À ses yeux dessillés, tous les oiseaux de nuit étaient des débiles mentaux et l'alcool ne faisait que tomber les masques. Donc il tirait la gueule assez facilement.

À chaque fois, son regard de mort passait en revue la file d'attente, séparait le bon grain du mauvais, puis fixait l'énorme saladier de bonbons posé sur le comptoir de l'entrée. Seulement parfois, lorsqu'un zombi aviné plongeait la main dans les becs afin d'en sortir un arlequin coloré, qu'il le déballait et le gobait sous ses yeux, Luc s'illuminait d'un sourire heureux.

Cet étrange manège m'intriguait, mais le miracle ne se produisait qu'une fois par soirée. Ça ne marchait qu'avec un seul client, celui que Luc attendait, celui qui le ferait jubiler intérieurement, celui qui semblait détenir un sacré secret sans même le savoir.

« C'est quoi le délire avec les bonbons, Luc ?
– C'est rien.
– Comment ça, rien ? Te fous pas de moi, je t'ai vu.
– La loterie.

– Avec un seul gagnant et tout plein de perdants, c'est ça ?
– C'est ça.
– C'est quoi cette histoire de loterie, Luc ?
– Je peux pas t'en dire plus, Kalache. Je risque gros sur ce coup. Si ça se sait, je suis viré cash. Et peut-être même en taule.
– Tu me fais pas confiance ?
– Si, mais la loterie ne te concerne pas. Ça se passe entre moi et cette bande de dégénérés. »

## 6

Je n'ai pas insisté davantage, mais l'enquête ne faisait que commencer. Je comptais bien percer le mystère de la fameuse loterie en observant Luc de plus près. Rapidement, je relevai qu'à son arrivée, juste après avoir revêtu son costume de portier, il chipait furtivement un bec et partait s'enfermer dans les chiottes avec. Cinq minutes plus tard, il ressortait des gogues et remettait l'arlequin dans la coupe en loucedé.

« Je t'ai vu, Luc. T'as emporté un bonbec aux tartisses et tu l'as refoutu dans le saladier du comptoir.
– Et alors ?
– Alors c'est tous les soirs le même rituel. Je suis maintenant sûr qu'il s'agit de ce bonbon.
– Quel bonbon ?

– Celui que tu guettes attentivement toute la soirée.
– OK, c'est tout ?
– Absolument pas ! Kestu fous avec ce bec, sacré nom d'une pipe de putain moldave ?
– Tu veux vraiment connaître la vérité, Kalache ?
– Évidemment.
– Eh ben je le sors de son emballage et je me le frotte sur le fion, dans tous les sens.
– Et tu le remets dans son emballage après ?
– Ouais, c'est le principe même de la loterie. Faut qu'il y ait un numéro gagnant.
– Alors quand un client tire ce numéro gagnant, qu'il le déballe et le gobe, ça te fait marrer ?
– Plus que ça, tu peux même pas imaginer l'effet que ça me fait. J'ai mon winner. Ha !
– T'es ignoble ?
– Pas plus ignoble qu'eux. Et tu sais très bien comment ils sont, en réalité, quand la fête est finie et que la lumière les perce à jour. Un truc dégueulbite en plus ou en moins, ça change que dalle.
– Tu te sens comment au juste, après avoir fait ça ?
– Comme un gamin qui lance un galet sur la mer et qui jubile de le voir rebondir sur la surface des vagues.
– Est-ce que tu sais au moins que ton ricochet n'empêchera jamais les immondices de gésir au fond des abysses ?
– C'est pour ça que je ne voulais pas t'en parler, Kalache. J'étais certain que t'allais gâcher mon plaisir. »

Un soupçon de prophétie barbue
Sur le lit mammaire de l'ineffable
Et quelques brins de cosmogonie
Slave au visage de lune.

# LE DOYEN

## 1

J'étais arrivé en Serbie complètement rincé. Pourtant le vol n'avait pas été long depuis Mulhouse jusqu'à Belgrade, guère plus d'une heure.

Roman, un ami d'enfance, m'attendait à l'aéroport. Il devait me véhiculer jusqu'à Sombor en Voïvodine. Encore deux heures de bagnole et quelques escales dans des trocsons de village, et nous étions arrivés à destination. Déjà bien éméchés.

Une migraine carabinée me martelait le crâne. C'était toujours le cas lorsque la fatigue et l'état anxieux atteignaient leur paroxysme, avant un événement stressant. Or j'étais l'invité d'honneur d'un congrès sur « la politique de l'enseignement des langues en Europe », que j'avais en grande partie construit avec Milana, la sœur de Roman. Elle bossait à la Faculté Pédagogique de Sombor. Leur famille m'avait préparé un accueil princier comme le veut l'hospitalité slave, toujours dans l'exagération : un repas gargantuesque composé d'une bonne quinzaine de plats différents, le tout copieusement arrosé d'alcool. Il fallait que la table déborde de mets et que les verres soient toujours pleins, ainsi va la tradition dans les pays de l'Est.

Mais avec ma migraine, je ne tins pas le choc. On me proposa un lit dans une chambre noire, et à mon réveil on me re-servit quelques verres de rakia, histoire de me remettre en jambe.

Aux alentours de minuit, le père de famille me conduisit à résidence. Il s'agissait du campus de la Fac, un immeuble de quatre étages qui s'étendait en longueur, gris, tombal et triste. Chose surprenante : une végétation luxuriante engloutissait tous les bâtiments du quartier. Une foule d'arbres colossaux poussait sur de hautes herbes folles, déployant un rideau de lianes qui grimpaient du sol aux branchages, entourée d'une multitude de buissons et d'arbustes laissés à l'abandon.

On se serait cru en pleine jungle, au milieu du Costa Rica. Les bosquets atteignaient des tailles monstrueuses. D'autant plus que l'air chaud et humide de cette nuit de printemps méridional exhalait une odeur suave de sous-bois. Dans mon état second de fatigue et d'ébriété, cette atmosphère m'enivrait et me pénétrait d'une étrange impression de songe éveillé. En bref, c'était la quatrième dimension.

## 2

Branko et moi entrâmes dans le hall de l'immeuble, où se croisaient un flot ininterrompu de jeunes filles qui sortaient s'amuser dans le parc, et un autre qui rentrait tomber dans les bras de Morphée. Le gardien avait le visage lugubre et blafard d'un croque-mort, vêtu d'une sorte d'uniforme militaire beige. Et son attitude collait aux apparences. Il harcela Branko d'une tonne de questions. Ils échangèrent longtemps des paroles en serbe et l'ambiance se détendit peu à peu. Le geôlier finit par se dérider, de concert avec l'ami Branko le baratineur. À partir de là c'était gagné, j'avais le veilleur dans la poche, moyennant confiscation de mon passeport.

Branko était un type brillant et d'une gentillesse sans borne. Immigré en France tout comme moi, il était psychiatre à l'Hôpital de Saint Henri et de Clairegoutte. Jeune, il avait été mon mentor. C'était lui qui m'avait initié à l'écriture, me prodiguant méthodes et conseils, car il n'en était pas à son coup d'essai : des dizaines de recueils de poèmes et de romans publiés dans les plus grandes maisons d'édition serbes.

À Sombor, je réalisai qu'il était bien plus qu'un psychiatre de renom et un brillant écrivain. C'était un véritable héros national qui avait lutté pour la paix durant les années sombres du démantèlement de la Yougoslavie. Dans sa ville natale, les habitants le vénéraient, bien qu'il eût toujours refusé de s'engager en politique et de se porter candidat aux élections municipales. Poussé au train par la population, il était pourtant sûr de gagner.

Son rayonnement et son adoration, ajoutés à l'histoire de son illustre famille et de son propre passé, lui conféraient des privilèges prestigieux comme celui d'avoir des places au premier rang dans la principale église orthodoxe de la ville, avec son nom gravé dans la pierre. Il y avait également un temple dédié à sa smala, où étaient enterrés tous ses ancêtres, perdu dans la cambrousse environnante. Puis il y avait son réseau, une immense toile composée de tous les puissants de Voïvodine : politicards et intellos, éditeurs et artistes nationaux, journalistes et représentants patrimoniaux, héros de guerre et grands officiers, bureaucrates et notables de tout poil. Ils lui mangeaient tous dans la main. Tout le monde s'inclinait devant lui et prêtait une oreille attentionnée à la moindre de ses requêtes.

Branko Drazic était l'animal qui avait orchestré dans l'ombre le congrès qui justifiait ma présence en Serbie. Sans ne rien dire à sa fille, c'était lui qui avait persuadé les grosses têtes de la Fac et convoqué tous les invités de prestige. Milana s'était occupée de l'organisation, du « programme », de la logistique et des contenus. Quant à moi, en plus de ramener ma tronche de pochard, j'avais réussi l'exploit de faire venir le chargé de coopération de l'ambassade, qui était devenu un compagnon de beuverie et de ripaille lors d'un séminaire à Lyon. Il ne faut pas toujours se fier aux apparences, sous chaque cerveau se cache un ventre.

## 3

Mais revenons-en au campus. Un dédale de couloirs aux murs criards de bigarade. La plupart des portes étaient entrouvertes et laissaient apparaître de jeunes gazelles élancées qui papotaient entre elles, et s'échappaient de leurs chambrettes afin de se rendre chez des voisines de palier. Je me sentais l'âme d'un vieux lion au milieu d'un troupeau de belles proies tendres et sucrées.

Branko et le concierge médaillé de guerre me firent visiter ma chambre : une suite de palace totalement incongrue au cœur de cette centaine de petits studios étudiants. C'était le grand luxe réservé aux hauts fonctionnaires de passage. La pièce principale était immense, avec un lit king size en son centre. Il y avait un petit salon en suédine marron et un bureau de travail en bois massif doté de toutes les connexions modernes, l'ensemble décoré à la mode des seventies : ambiance feutrée, couleurs orange boisé, et autorisation de boire et de fumer à volonté comme partout en Serbie. J'avais l'impression d'être quelqu'un d'important dans ce décor démesuré. Et dès que j'en sortais, des battants s'ouvraient et des têtes curieuses pointaient leurs petits tétons histoire de voir qui était cet homme si puissant installé dans la suite princière. Mais je n'étais pas d'humeur au flirt, tout juste bon à m'écrouler mort de fatigue dans mon plumard, une clope au bec et une canette de bière à la main.

Je me levai aux aurores. Tout un chapelet de conférences m'attendait avec la mienne en ouverture. Mais avant cela, y'avait la présentation du congrès par les tenanciers de la Fac, les discours d'hommage rendus aux politicards et autres invités d'honneur, et la remise du « Cadeau » au vieillard barbu qui faisait office de mascotte, une sommité de la peinture nationale en état de *Near Death Experience*.

Le petit déjeuner était réglé à huit heures et demie, à peine une heure et demie avant le début des hostilités. Un événement de cette ampleur nécessite une logistique importante : ordinateurs en marche et connectés, enceintes et micros installés, image et son réglés, puis tout un tas d'autres merdouilles techniques du même acabit. En France, ce taf implique inévitablement deux bonnes heures de prépa pour les techniciens spécialisés, bien qu'il y ait toujours quelque chose qui foire et qui ne marche pas au bout du compte. Alors j'étais tendu, envisageant déjà trois réactions en chaîne qui m'étaient familières : retard, foutoir et foire à l'empoigne. Cela dit, Branko ne semblait pas stressé.

À la cantoche de la Fac, ce fut le même délire qu'au campus universitaire. On prit un long couloir étroit bordé de fenêtres qui donnaient sur le réfectoire des étudiants. Un concierge en uniforme d'officier nous contrôla dans un petit hall où se croisaient plusieurs corridors. Puis il nous conduisit dans une salle minuscule à l'abri du regard des passants. À l'intérieur, il y avait tout juste la place pour une grande table ronde et trois chaises. Une belle nappe en tissu blanc, des serviettes à dentelle de facture artisanale, des couverts en argent, des verres en cristal, puis une montagne de mets totalement disproportionnée : charcute et fromage fumés, saucisses et poisson fermentés, puis toute la clique habituelle des petits déjeuners continentaux et les classicos serbes : la gabanica, les büreks, les srbskè yogurti, la « domaca kava » et l'incontournable rakia.

Avec mon poto Branko, on se péta le bide sans que ça n'ait le moindre effet positif sur mon état anxieux. Il était déjà neuf heures trente, et le coup d'envoi du congrès était imminent. Branko me montra l'amphithéâtre où allait se dérouler le séminaire, et je constatai avec effroi que rien n'était installé. Du coup je fis venir en urgence les deux techniciens désignés par la Fac, qui se pointèrent en moins de deux et se mirent direct au taf. Je sortis fumer une tige en attendant.

Au bout de cinq minutes à peine, je vis mes deux lascars sortir s'en griller une avec moi. Je crus qu'ils se foutaient ouvertement de ma poire. Mais une fois en salle, je constatai que les ordis étaient prêts, que la connexion internet était nickelle, que les enceintes et le vidéo-proj étaient opérationnels. Ils avaient même eu le temps d'installer des panneaux et de les recouvrir par les affiches de promotion que j'avais laissé pourrir dans un coin de la scène.

On se retrouva donc tous à la terrasse du café de la Fac, avec vingt minutes d'avance sur le programme, sous le soleil chaud du matin méridional, enchaînant les tournées de rakia. Une heure de pétage de ruche plus tard, toujours aucune nouvelle des opérateurs du séminaire.

## 4

Le congrès débuta à onze heures, les discours de présentation et d'hommage s'enchaînèrent, puis il y eut la remise du « Cadeau » à la mascotte grabataire, le fameux peintre national, et pour finir en apothéose, la conférence du chargé de coop soumise à la traduction simultanée de Branko.

Après cette première salve d'interventions, une pause de vingt minutes fut décrétée. Un larbin en costume de pingouin nous escorta jusqu'au bureau du doyen, à travers de longs couloirs étroits et suffocants, et tous les cinquante mètres environ de nouveaux barrages de concierges en costumes d'officier. Ces derniers vérifiaient le motif de notre passage et nos identités, puis ouvraient des portes qui donnaient sur d'autres couloirs étroits et suffocants, de nouveaux barrages de concierges en costumes d'officier, et ainsi de suite au moins dix fois d'affilée. J'avais l'impression d'être dans *Le Château* de Kafka.

On finit quand même par se retrouver devant la porte du bureau royal, d'où s'échappait un brouhaha de tous les diables, du fracas, des éclats de rire et des vociférations, en bref : un bordel sans nom. Le sbire nous introduisit et on se retrouva plongés dans un nuage de fumée. En avançant de quelques pas, le tableau s'esquissa peu à peu : une multitude de meubles massifs en bois précieux sculptés dans un style gothique extravagant, des peaux de bêtes et des dorures de partout, puis des dizaines de toiles de maîtres herculéennes. Le tout faisait davantage penser au cabinet d'un monarque africain qu'au bureau d'un doyen de Fac. Au centre de la salle, tout un troupeau de bureaucrates, des chercheurs et d'autres personnalités influentes se serraient autour d'une minuscule table basse, beuglant, fumaillant et torchant cul-sec d'interminables tournées de cette satanée rakia, la boisson du diable qui ne comptait pas me laisser de repos.

En tête de gondole trônait le doyen, qui gueulait tout un tas de conneries en serbe. Et l'assemblée de se poiler. Il enchaînait les verres à la vitesse d'un alcoolo de compète. Doyen ? Tu parles ! Il ressemblait autant à un doyen que je ressemblais à une danseuse étoile. C'était un colosse de deux mètres au crâne rasé et à la face défoncée de boxeur, une voix de ténor et une stature terrifiante. J'avais l'impression d'être en face d'un mafieux russe ou d'un milicien du temps de feu Milosevic. Clichés et préjugés me direz-vous ? J'admets.

Je me glissai entre deux inconnus et m'assis sur un demi-cul. Tout le monde jacassait srbski et je n'y entravais que dalle. Alors j'en profitai pour reluquer quelques ravissantes poulettes en tenues indécentes, qui servaient les hommes et bavardaient entre elles, un peu à l'écart, appuyées sur les meubles dans des poses lascives. Je croyais être en présence de pouffes écervelées, mais j'appris par la suite qu'il s'agissait de chercheuses de renom, avec l'arsenal complet des cadors de fac : agrèg' et doctorat, puis toute une chiée de bouquins et d'articles publiés dans des revues scientifiques. Ben merde alors ! Cliché quand tu nous tiens…

Livré à moi-même, je pris la décision de me saouler la gueule en bonne et due forme. De son côté,

Branko avait la tchatche. Cinq minutes après notre arrivée, il était déjà en train de refaire le monde avec son voisin de canape, un vieux en costume d'académicien. Au bout d'une demi-heure, l'ancien s'est adressé à moi dans un français soutenu, quasiment sans accent :

« M. Tokarev, je suis très honoré de vous rencontrer.
– Moi pareil.
– Vous ne savez pas qui je suis ?
– Non.
– Je suis le Professeur Nozic, doyen de l'Université de Philosophie de Novi Sad.
– Enchanté, vous pouvez m'appeler Kalache, et me tutoyer par la même occasion.
– Je sais, on m'a beaucoup parlé de vous, et j'ai hâte d'assister à votre conférence. »

Les propos de l'ancien ne me rassuraient guère, je réalisai qu'il y avait du lourd et je commençais à être rôti.

« Je ferai de mon mieux pour ne pas vous décevoir, Pr Nozic.
– Vos travaux sur les méthodes d'enseignement innovantes m'intéressent. Vous avez une vision très moderne de la pédagogie. Je serais très honoré de vous accueillir à Novi Sad, à l'occasion de l'une de nos Universités d'hiver ou d'été. Vos recherches passionneront mes étudiants.
– Okay dak !

– Eh bien trinquons, Pr Tokarev ! »

Et glou et glou et glou ! Que de foutaises aimables afin de faire valoir sa propre importance. Au final, on n'était que deux pairs de couilles égales à égales devant le tord-boyau vénéré : RAKIIIA !

## 5

Le doyen Sekera ne m'adressait jamais la parole. Je croyais qu'il m'ignorait et se fichait de ma fiole, mais en réalité le colosse m'observait subrepticement du coin de l'œil, entre deux blagues et autres tranches de rigolade. La pause dura bien une heure. On repartit tant bien que mal, chancelant et à moitié cuits. Très honnêtement, je n'ai gardé aucun souvenir de ma conférence, hormis une grosse prise de bec au moment des questions finales. Un prof d'Histoire avait discerné un drapeau du Kosovo dans l'une de mes vidéos. Du coup, il me chia une pendule et me contraignit à sortir ma plus belle langue de bois :

« Écoutez, il s'agissait d'une exposition virtuelle entièrement conçue par les élèves. Ils devaient parler de leur pays d'origine, sur fond de photos choisies, et l'image du drapeau était une figure imposée. Ça ne va pas plus loin. Il n'y a rien de politique dans tout ça. »

D'autres profs élevèrent la voix en serbe et ça partit en cacahuète. Ils s'engueulaient tous entre eux, et moi je les laissais régler leurs comptes, m'extirpant du piège ni vu ni connu. Je me fis petit comme une souris, sauf qu'une souris bourrée doit redoubler d'efforts.

Le chargé de coop loua ma gestion du conflit. Les confs s'enchaînèrent et les tensions s'apaisèrent. On partit bouffer à quinze heures. En chemin, le fameux prof d'Histoire me tapa dans le dos et se mit à plaisanter en anglais, sans rancune le mec. Il se montrait même plutôt chaleureux : « business is business ». Et l'heure était à la fête.

Je vous épargne l'ennuyeuse description de la ripaille pantagruélique qui s'ensuivit et de la bringue inhumaine qui me tomba dessus comme un guet-apens. Un seul mot : criminel. Je me sentais l'âme d'un kamikaze sur le point de se faire sauter avec une ceinture de saucisses dans une centrale de rakia atomique. Voulait-on ma peau ? Oui, sans conteste. J'en eus la preuve avec les événements qui suivirent.

Tout d'abord, la promenade digestive protocolaire. Au programme : visite historique de la ville de Sombor avec Branko, le chargé de coop, le cortège des grosses têtes de la Fac, quelques hauts fonctionnaires, leurs larbins, et M. Sekera en tête.

C'était le cagnard. Un bon quarante degrés en cette fin de mai balkanique. Fréquent, me dit-on, dans cette région où les hivers sont glaciaux et les étés brûlants. Pour parer à ces variations extrêmes du climat, la construction de Sombor avait été habilement étudiée. Cette ville était construite en cercles autour d'une grande place centrale. On y trouvait la mairie et des bâtiments historiques occupés par diverses institutions publiques. Là se dressaient également de majestueuses statues de héros sur leurs chevaux de guerre, anciens souvenirs des conquêtes ottomanes. Branko me fit la leçon :

« Ici, Kalache, il ne fait ni trop chaud ni trop froid. Observe bien les quatre grandes artères par lesquelles on voit l'horizon et qui nous déversent ce vent rafraîchissant.

– Une clime naturelle, quoi.

– Ma parole, et ce n'est pas tout. As-tu également remarqué la profusion de la végétation que d'aucuns prendraient pour un manque d'entretien. Eh bien c'est tout le contraire. S'il y a tant d'arbres autour de nous, tant de jachère qui envahit les rues, tant d'arbustes, de lianes et de buissons partout, c'est que la nature limite l'accumulation de la chaleur par la pierre et protège du soleil ardent de l'été, en prodiguant de l'ombre à satiété. À l'inverse, elle constitue un rempart insoumis à la neige et aux gelées hivernales.

– C'est vrai qu'il fait plutôt bon.

– Oui, c'est pourquoi les Serbes aiment tant sortir et se promener.

– Tu veux dire envahir les terrasses ombragées ! Je n'ai jamais vu de ma vie une telle concentration de bars et de cafés.
– En Serbie, on est les rois du bistrot. L'alcool et le tabac représentent une manne économique.
– Le trio va de pair. »

## 6

Sekera menait la marche en tête de peloton, taillant bavette avec le Pr Nozic. Étant donné que Branko me livrait l'historique de la moindre pierre du Stari Grad, on était loin derrière. Au bout d'une demi-heure de marche à peine, le doyen exigea une pause à point nommé. On était juste en face d'un trocson. Une sorte de paillote de plage autour de laquelle s'étendaient des salons *chic and lounge*, le tout lové dans un parc verdoyant où piaillaient des bandes de gamins. En deux coups de cuillère à pot, on était installés, la commande était passée et les consommations servies.

Comme j'étais déjà rompu par la rakia encaissée du matin, je n'eus même pas le temps de réaliser. Puis y'avait cette foutue canicule. Alors je ne pensais qu'à une seule chose : casser une canne dans ma suite princière. Mais le doyen en décida autrement. L'heure des tournées de « Bambouss » avait sonné. Un cocktail inconcevable pour tout bon français qui se respecte : vin rouge et cola. Curieusement, c'était plutôt bon et rafraîchissant. Les Serbes utilisaient un pinard épais, un peu liquoreux, qui se mariait à merveille avec le soda. Sekera accéléra le rythme des commandes, passant ainsi à la deuxième étape de son plan d'ivrognerie généralisée. Il rayonnait comme un enfant dans un magasin de jouets. Roman, le fils de Branko, nous accompagnait dans ce calvaire éthylique :

« Il est fou, Kalache. Fais gaffe, ne le suis pas.

– T'inquiète, j'encaisse.

– Ouais, mais là t'es pas en France, il va te faire boire à la russe. Sekera fait le coup à tous ses invités. Il entraîne ses victimes dans le caniveau à force de blagues, de coups de gueule grotesques et d'intimidation. Une fois que tu seras dans le fossé, il jubilera.

– Qu'est-ce que t'appelles boire à la russe ?

– C'est au sens propre. Sekera raffole des déplacements professionnels en Russie, pour des travaux de recherche et de coopération scientifique.

– Je ne vois pas le rapport.

– Il n'y a que là-bas qu'il déniche des camarades de comptoir capables de lui faire dépasser ses propres limites.

– Tu sais, y'a pas qu'en Russie que l'on boit beaucoup. La France est bien le pays du vin, non ?

– Tu plaisantes ? Va dire ça à nos derniers invités français, une bande d'énervés venus de Lyon.

– Qu'est-ce qu'il leur est arrivé ?

– La police les a retrouvés au petit matin, à poil et en chien de fusil sur le macadam du centre-ville.
– Merde, alors ! »

Comme à son habitude, le doyen siégeait en tête de table, et moi à l'autre bout. Comme j'étais loin de lui, je ne me sentais pas en danger. Jusqu'à ce que je me rende compte qu'il me rebouisait. « KALACHE ! » hurla-t-il soudainement. Un larbin accourut pour me faire la traduction.

« Je t'aime bien Kalache.
– Ah ? Merci M. le doyen… C'est gentil de votre part, moi aussi.
– Je t'aime bien parce que t'as la même passion que moi.
– Peut-être… Mais qu'entendez-vous par… passion ?
– TU AIMES BOIRE.
– (…) ?
– Sauf que tu sais pas boire. Avec moi, tu vas véritablement boire pour la première fois de ta vie ! »

Tout le monde se bidonnait, exceptés Roman et moi qui nous échangeâmes un regard de consternation. Je me tournai vers la gauche, puis vers la droite, comme pour trouver une issue. Seul Roman pouvait me sortir de là :

« Nous vous remercions infiniment, M. le doyen, pour votre invitation, pour votre bienveillance et pour votre hospitalité. Mais nous sommes au regret de vous quitter. Le programme du colloque est vraiment

très serré. Il est temps de nous rendre au Musée d'Art et d'Histoire de Sombor, où le guide francophone nous attend déjà.
– Au diable ton programme ! Dis ce que tu préfères, Kalache ? Te bourrer la gueule avec moi ou aller voir de vieilles croûtes avec ce foutriquet ?
– Je suis confus, M. Sekera. Lui répondis-je. C'est le programme officiel, je me dois d'honorer mes obligations.
– Fais bien gaffe à ce que tu dis et à ce que tu fais, Kalache. T'es en train de prendre l'une des décisions les plus importantes de ton existence. Réfléchis bien, y'aura pas de retour en arrière possible. Reste avec moi et bois ! »

Roman me prit à part :

« T'es dans son collimateur, ça craint. Tirons-nous fissa ou il va te rétamer.
– Entièrement d'accord avec toi Roman. Je suis déjà complètement démoli. »

On répéta une bonne dizaine de fois nos excuses avant de décoller. M. Pierrot, le chargé de coop, profita de l'occasion pour sauver sa peau en s'enfuyant avec nous.

## 7

Je n'avais pas compris que Milana, la sœur de Roman, tenait véritablement à me faire subir la visite historique de la ville. Une torture, surtout pour M. Pierrot qui devait se la payer pour la troisième fois de l'année. Et moi qui croyais que c'était de la blague, ce foutu programme. Je caltais plus rien, à part les jambes interminables de la guide et ses grands yeux de poupée slave. J'étais acculé dans les cordes par l'alcool, la chaleur et la fatigue.

Après deux heures de visite interminable, j'eus enfin droit à un temps d'essorage. En rentrant au campus, Roman en remit une couche :

« Maintenant que le doyen t'a repéré, il te lâchera plus.
– Tu penses ça vraiment, Roman ?
– Il va tout faire pour te choper et te coller la biture de ta vie. Prends bien garde à toi, méfie-toi de Sekera comme de la peste et surtout, ne le suis jamais sans nous. Milana et moi, on inventera tous les bobards dont t'auras besoin et t'auras plus qu'à nous emboîter le pas. »

## 8

Au deuxième jour, plus de nouvelles du formidable ivrogne. Ça se passait dorénavant entre grosses têtes de la Fac : chercheurs et professeurs, inspecteurs et doctorants. En conf' ou en ateliers restreints, les Serbes trimaient sec et fallait suivre le rythme. Y'avait pas une minute d'arrêt. Ils savaient tout de suite repérer les manques et faiblesses d'un projet, qu'ils s'empressaient de corriger sur-le-champ. Et ils ne bâclaient rien, allant systématiquement au fond des problèmes, dont ils analysaient les moindres détails. En toute objectivité, je peux témoigner que leur niveau d'exigence scientifique est aussi abusé que leur consommation de clopes et de rakia. Mais comme c'est carrément chiant à raconter, je préfère en revenir aux coups d'éclat de Mister Sekera.

Au troisième jour du congrès, l'ogre fit son grand retour en fanfare. Au milieu de ma conférence, j'assistai à une scène étrange. Un larbin du doyen se faufila parmi les auditeurs et murmura quelque chose à l'oreille de Roman. Les sbires de Sekera se reconnaissaient facilement à leur allure de pingouins chétifs et juvéniles tout droit sortis de l'école hôtelière.

Roman se leva pour suivre le gamin. Je ne vous cache pas que ce manège me déstabilisa fortement. Pourquoi convoquer Roman, un médecin-urgentiste de Novi Sad, alors qu'il n'était aucunement impliqué dans ce séminaire ? Un quart d'heure plus tard, le fils de Branko revint s'asseoir à sa place comme si de rien n'était. Après le rituel des questions finales, je m'empressai d'aller voir mon ami.

« Keski s'est passé, Roman ? Où est-ce qu'il t'a emmené, le gamin ?
– Dans le bureau du doyen.
– Quoi ?

– Sekera m’attendait seul, assis derrière son bureau de ministre.
– Tu plaisantes ? Keski te voulait ?
– Il m’a demandé de lui confirmer une info.
– Laquelle ?
– Le paprikash de tout à l’heure.
– Eh ben ?
– Il voulait connaître l’heure et l’endroit. »

Un paprikash est une spécialité serbe, sorte d’équivalent plus liquide de la goulache hongroise, souvent à base de poissons de rivière (le « fish paprikash ») servi avec des pâtes aux œufs.

« Et alors ?
– Alors je lui ai répondu que cet événement était inscrit au programme officiel.
– Je crois pas qu’il ait pris la peine de le lire.
– Non, il s’en cogne.
– Ça me surprend pas. Mais ce que je comprends pas, c’est pourquoi il t’a convoqué toi, spécialement ?
– Justement, pour ne pas montrer aux autres qu’il ne connaît pas le programme.
– Et c’est tout ?
– Non, il m’a dit d’une voix ferme et autoritaire, en me fixant dans le blanc des yeux : « je veux que tu déplaces le paprikash à quatorze heures trente. »
– Ha !
– J’ai eu beau lui expliquer que je n’avais aucun pouvoir sur l’organisation du congrès, il a rien voulu savoir. Il a

même ajouté : « je te nomme officiellement Chef du paprikash ! »
– Ha !
– Je lui ai répondu qu'il y avait plein d'invités, que j'en connaissais aucun et qu'il m'était par conséquent impossible de prévenir tout le monde. Il a conclu en tournant son siège de côté pour s'allumer une clope : « c'est toi le chef maintenant, à toi de te démerder… »
– Ha !
– C'est pas tout. Sur le chemin du retour, le larbin m'a avoué que le doyen avait fixé une réunion de « savonnage » à treize heures, avec tous les agents de service de la Fac. Il devait leur remonter les bretelles pour des questions de propreté et d'entretien. Mais lorsqu'il a eu vent du paprikash, il était dégoûté. Jamais il ne pourrait manquer ne serait-ce qu'une seule minute d'un tel événement. »

## 9

Du coup, on fit traîner la matinée, en discutaillant à droite à gauche, en rallongeant les pauses du simple au double, et en payant des pots à la terrasse du café de la Fac. Aidés par Branko, qui avait été mis au parfum, on réussit finalement à retarder le rendez-vous du restau à quatorze heures trente, comme l'avait ordonné Sekera.

Aucun personnel de l'auberge n'osa nous faire la moindre remarque, étant donné que nous représentions plus d'une trentaine de couverts et que trois énormes chaudrons de fish paprikash se balançaient au-dessus d'un grand feu de bois. Une aubaine financière pour cet établissement, qui allait démultiplier son chiffre d'affaires en ouvrant les vannes intarissables des consommations alcoolisées.

L'arrivée du doyen fut proprement hallucinante. Il surgit comme un diable sorti de sa boîte, vêtu d'un short et d'une chemisette à fleurs, en braillant comme un cerf en rut. C'était sa Fac, c'était lui qui rinçait, c'était lui le boss, celui qui parlait plus fort que les autres, celui qui faisait taire l'assemblée, celui qui faisait hurler de rire tout le monde. Sekera régnait tout en affichant les yeux pétillants d'un gosse à sa fête d'anniversaire.

Par chance, j'étais installé à une autre table, relativement loin de lui. Branko me défia à celui qui engloutirait le plus d'assiettes de paprikash. J'abandonnai à six et le père de Roman triompha en terminant sa septième. Toutefois, les Serbes me prirent pour un dur lorsque j'engouffrai un par un tous les piments rouges qui infusaient dans la sauce.

Une fois de plus, j'étais pété comme une queue de pelle à force d'enquiller bières, bambouss et rakias. À la fin de la ripaille, le doyen se leva en me désignant du doigt. Un laquais débarqua pour me faire la traduc.

« J'ai réécrit le programme pour toi, Kalache !

– Ah, bon ?
– Tu es bien d'origine slovaque, n'est-ce pas ?
– Oui.
– Tu sais qu'il y a des villages slovaques en Voïvodine ?
– Non. »

Toute la tablée était pendue aux lèvres du colosse à chemisette.

« Eh ben je vais t'y emmener ! C'est pas loin d'ici, même qu'il y a un lac.
– Et c'est quoi, votre programme ?
– On va faire trempette et je vais te présenter aux filles du village, les plus belles femmes de la planète. Alors tu choisiras la tienne.
– Hein ?
– Et on te mariera sur-le-champ.
– Mais pourquoi ?
– Tout simplement parce que je veux être ton témoin.
– Mais pourquoi ?
– Comme ça tu ne pourras plus t'enfuir… et on pourra enfin se bourrer la gueule comme deux cochons ! »

Penché sur mes vécus
De Matriochka
Je voudrais que tu lippes
Et liches
Et re-liches de ma vodka

C'est de là que fermente
Mon silence et que vaque
En ta campagne distante
Mon parfum de jamais
Na zdorov
Na zdorov'yé[2] .

2 Na zdorov'yé : « santé » en russe, graphie latinisée.

## L'ESPION

1

Gino avait beau être smart, séduisant et raffiné, il vivait seul et malheureux, enchaînant les histoires sans lendemain : plans cul, faux espoirs et autres hystériques notoires. En bref, que des tarées.

Le marché du cœur est bien compliqué, surtout quand on a passé la quarantaine. Mais ce qui m'attristait le plus, c'était qu'il n'avait pas mérité ce gouffre de solitude, résultant d'un gros manque de bol, une poisse invraisemblable, une véritable malédiction.

Tout avait commencé minot. Son père décéda dans un accident de bagnole et sa mère le délaissa rapidement, puis l'abandonna tout bonnement à la faveur d'autres hommes. Beaucoup d'hommes… Et un petit Gino tout seul au commencement de sa vie, sans amour et sans famille.

Rapport à sa mère ou non, je ne saurais le dire, il fut toujours attiré par les femmes inaccessibles, trop belles et trop parfaites pour être vraies. Toutefois, le charme et le raffinement de mon ami firent qu'il parvint à posséder celles qu'il désirait, et il les choya toujours avec tendresse et affection. Pour Gino, le code moral passait avant tout.

Il était bourré de principes : être fidèle, ne jamais toucher à la femme d'un autre ou ne jamais convoiter l'ex d'un ami. En un mot : loyal. Et question loyauté, il dérouilla. Son idéal enfin trouvé, une magnifique blonde en tout point parfaite, il fila le parfait bonheur durant sept années, jusqu'à ce qu'il découvre qu'il était cocu jusqu'à la moelle, par des moins que rien, des camés, des clodos, des étrons de caniveau, et tous les rats d'égout qui passaient dans le quartier. Conséquences prévisibles : immondes engueulades, violences physiques réciproques, plainte au commissariat, déchirement, séparation et black-out.

La belle blonde s'envola comme un rond de fumée, s'évaporant avec le chien, les meubles et les éclats de cœur brisé de ce pauvre Gino, condamné à haïr et adorer jusqu'à la fin de ses jours le diable en personne, l'immoralité incarnée en femme, dissoute dans l'ombre de sa mère absente et les photos souvenirs.

Alors vinrent la dépression, la solitude et la nausée de la vie, à travers un enchaînement de conquêtes dérisoires, avec des périodes plus ou moins fastes, mais jamais l'extase du premier grand amour qui est toujours le dernier, par définition.

## 2

Un dimanche aprèm, il m'invita chez lui prendre un café. Plutôt déconcerté par ce rendez-vous non alcoolisé, je ne savais trop à quoi m'attendre. Mais Gino ne tourna pas autour du pot :

« Écoute, je te préviens, y'a une nana qui va passer d'ici une demi-heure.

– Je ferais mieux de partir.

– Non Kalache, au contraire, je préfère que tu restes.

– Elle s'appelle comment ?

– Annie. Quarante ans mais sacrément bien gaulée. Mate un peu les photos. »

Gino dégaina son portable, armé de selfies coquins. Un éventail de poses langoureuses en sous-vêtements sexy, dont on ne voyait que le corps.

« Elle est bonne, mais on voit jamais sa tronche.
– Ouais, c'est parce qu'elle est pas terrible. Enfin ça va, ça reste potable mais pas top. »

Le visage était difficile à distinguer, voilé par une mèche de cheveux sauvages ou noyé dans l'obscurité. Un peu embarrassé, Gino marqua une pause en me servant un kawa. Puis il reprit :

« Avec elle, je fais la totale : sodo, 69, éjac fass' et tout le toutim. Elle avale jusqu'à la dernière goutte.
– Pas besoin de te laver, du coup.
– Un super plan cul, Kalache. Dommage qu'elle soit trop mince.
– Et qu'elle ait une face de rat crevé, ha !
– T'es con ou quoi ?
– Je déconne, Gino. C'est déjà pas mal.
– Ouais, je compte bien en profiter. »

## 3

Nous étions assis à la petite table en formica de la cuisine, le soleil du printemps pénétrait les portes vitrées qui donnaient sur le balcon. La sonnerie retentit. « C'est elle ! » Gino courut lui ouvrir. J'entendis un chuchotement féminin, et mon ami de lui répondre en douceur : « T'inquiète pas, c'est mon meilleur ami. Je veux te le présenter… après il partira, promis. »

Annie s'aventura dans la grotte habillée d'un imperméable ocre, serrant d'une main l'ouverture croisée sur sa nudité, agrippant de l'autre un pack de Belzebuth. Je fis mine de rien et me levai pour lui taper la bise. Son visage était rouge comme une pivoine.

Gino l'invita à s'installer en face de moi, de l'autre côté de la table. L'avaleuse de sabre scellait jambes et imper, avec toute la force de la honte et de la pudeur. J'engageai la conversation histoire de détendre l'atmosphère. Un badinage superficiel en deux-deux puis je mis les bouts.

Le lendemain, Gino était super fier de me raconter en détail sa partie de piquet. Rien de bien original, hormis la manipulation frénétique d'un plug anal rose et d'un torchon imbibé de poppers : « Ben ouais Kalache, c'est pour l'étouffer en la bourrant. T'as jamais fait ça ? »

Durant deux longues années, mon ami ne connut que plans cul et traversées du désert, remplissages et vidages de couilles passagers, petits bonheurs en plastique phosphorescent accrochés au plafond de la chambre d'un mioche, dans l'espoir de lui faire oublier le ciel et ses étoiles.

Puis il y eut Corinne la footballeuse, plutôt agréable à regarder mais un peu charpentée. Sans conviction, d'autant plus que tout semblait l'opposer à Gino. Elle aimait le foot et ses troisièmes mi-temps nauséeuses dans la connerie des pubs de supporters.

Gino quant à lui haïssait le sport, excepté la boxe et les courses motorisées. Il exécrait en particulier les sports co et tous leurs amateurs. Son truc à lui, c'était la passion de l'Histoire. J'ai donc naturellement parié une boutanche de rouge qu'il ne tiendrait pas plus de trois mois avec sa footeuse.

## 4

Au bout d'un mois, je crus tâter de la victoire, lorsque Gino m'avoua que sa nouvelle copine était une véritable nymphomane et qu'elle avait besoin de baiser au moins six fois par jour. Il avait la bite en chou-fleur et n'en pouvait plus, notamment de se faire sucer à tout bout de champ : dans sa bagnole, dans le couloir de son immeuble, et même dans son sommeil.

J'étais persuadé qu'il en serait bientôt allergique, et que l'excès de bourre finirait par lui foutre la gerbe. Eh bien j'avais tort. Le couple tint quasiment un an, bien que les vieux démons de Gino ne l'eussent pas lâché pour autant. Il commença très vite à flipper lorsqu'il se rendit compte que son obsédée du gland tentait de l'embobiner. Elle passait trop de temps sur Messenger, effaçant ses textos dès qu'il ouvrait l'œil. Puis elle continuait de fréquenter ces cons de footeux qui ne cessaient de piler du poivre sur le dos de Gino, juste en alimentant une vieille réputation qui lui collait aux basks, celle d'un séducteur invétéré dépourvu de tout crédit. Cerise sur le gâteau, y'avait les soirées

« privées » de Corinne, auxquelles Gino n'était jamais convié.

La férue des ballons sortait à peine d'une liaison sérieuse. Elle avait épousé un gros rouquemoute qu'elle avait suivi dans le cadre de sa mutation professionnelle. C'est ainsi qu'elle s'était retrouvée à Vesoul, que son mariage avait finalement pris l'eau pour je ne sais quelle foutue raison, et que le fil de soie de leur union s'était rompu. Quand mon ami Gino la rencontra, elle vivait encore sous le même toit que son rouquinos. En toute logique, elle n'avait pas envie de se faire chier à rempiler et de se priver d'une liberté fraîchement retrouvée. Telle était mon opinion.

En tout cas, elle mentait. Gino l'avait flairé illico, diablement suspicieux envers la gent féminine à cause de tous les déboires qu'il avait essuyés. Cependant, il en tira des conclusions hâtives :

« Elle doit se faire bourrer par tous les gros porcs de la région.

– T'as raison, ça pue, que je balançai. »

Alors Gino décida d'en avoir le cœur net.

## 5

Un soir de biture dans son appart', après mes trois litres de bière habituels, Gino sortit le whisky et nous servit deux godets.

« Faut que je te raconte la dernière, Kalache.

– Je t'en prie.

– Corinne organise une soirée crêpes demain soir.
– Super.
– Le problème, c'est que je suis pas invité.
– Tu lui as demandé ?
– Ouais, je lui ai dit que c'était cool, que j'apporterais du pinard et des conneries à grignoter pour l'apéro.
– Et alors ?
– Alors elle m'a répondu : « non, non, écoute, c'est une soirée que j'ai prévu de passer avec un couple d'amis. » « Eh ben tu me les présenteras » que je lui ai fait « N'oublie pas que je vis encore avec mon ex-mari et j'ai pas envie que ça dégénère. Même si on est officiellement séparés, je préfère pas te mêler à cette histoire. Je déménage bientôt en ville et tu pourras venir me voir quand tu voudras. » « T'es pas obligée d'avouer qu'on est ensemble ? Ton ex ne m'a jamais vu, il est pas censé savoir ? » Corinne a marqué un long silence embarrassé avant de reprendre : « Je dois garder mon fils, n'insiste pas s'il te plaît. »

Comme on avait torché nos verres de sky, Gino nous en resservit deux autres, aussi chargés que des barils de poudre. L'alcool nous brûlait le cœur et le corps, altérant de manière considérable nos sentiments et notre jugement.

« Décidément ça pue, renchéris-je.
– Écoute Kalache, je suis pas un pigeonneau ! Elle va pas me la faire à l'envers, cette fois je vais la pister. Puis

si je découvre qu'elle m'a menti et qu'elle se fait bourrer dans mon dos, je la dégage une bonne fois pour toutes.
– T'as bien raison, Gino. Fais juste gaffe de pas te faire choper. »

La soirée s'écoula au rythme du goulot, qui nous servait de sablier tandis que nous dégueulions sur l'ignominie des femmes. Exutoire misogyne de deux vieux pochetrons qu'en avaient connu des vertes et des pas mûres : la haine de la femelle en général, responsable de tous les maux de l'humanité depuis des temps sans commencements. Au fond, nous savions bien que sans elle nous n'aurions rien à raconter.

## 6

Quelques jours plus tard, je reçus un texto de Gino :

*Faut que tu viennes, c'est important. J'ai merdé grave…*

Ma main à brûler qu'il s'agissait de Corinne. Prêt à fêter ma victoire, j'embarquai cinq litrons de binouze et un sauciflard. Mon Gino était affalé sur le canapé du salon, en loques devant sa télé qui diffusait en boucle des reportages sur la deuxième guerre mondiale. Les munitions furent déballées sur la table basse.

« Alors, keski s'est passé ?
– C'est la soirée crêpes. J'ai pris ma bagnole et je suis allé chez Corinne. Je t'ai dit qu'elle habitait un pavillon à Navenne, au bout d'une petite impasse ?

– Je sais plus.
– Ben y'a une petite place autour de laquelle se dressent quatre ou cinq baraques, dont celle de Corinne.
– Pas très discret comme endroit.
– Je te le fais pas dire, du coup j'ai éteint mes feux et me suis garé en loucedé devant le pavillon d'en face.
– Et t'as fait quoi ?
– Le mort.
– Alors t'as vu quelque chose ?
– Y'avait quelqu'un chez elle, une caisse garée sur le trottoir et de la lumière à l'étage.
– Sans doute la cuisine ou le salon ? Y'a beaucoup de maisons Selam par là-bas, les pièces à vivre se trouvent à l'étage.
– Pour moi, elle se faisait ramoner par un gros connard de footballeur tandis que le gamin gazouillait dans son plumard, bercé par les gémissements de sa mère et les grincements du champ de tir. J'en étais tellement persuadé que j'ai envoyé un texto à Dédé. »

Dédé, c'était le confident préféré de Gino, complètement cinglé mais toujours à l'écoute, quelle que fût l'heure du jour ou de la nuit. Il habitait Besançon, une ville située à cinquante bornes de Vesoul.

« Il suivait les opérations à distance ?
– Ouais, accoudé au comptoir d'un trocson. J'ai écrit que j'étais devant chez elle et qu'une lumière à l'étage

était allumée. J'en ai conclu qu'elle se faisait bourrer par un gros porc.
– Et alors ?
– Ben c'est Corinne qu'a reçu le message.
– QUOI ??? Tu déconnes ?
– Non, ça m'était jamais arrivé. J'ai toujours pas compris ce qui s'est passé.
– Et elle t'a répondu ?
– Ouais, trois points d'interrogation.
– Meeeerde…
– Tu te rends compte, Kalache ! Putain de saloperie de portable de merde ! Je l'ai toujours dit, j'ai la poisse !
– Kesta fait ?
– J'ai réfléchi au plus vite, histoire de rattraper le coup.
– Impossible.
– Et pourtant si, 'fin je crois. J'ai fait mine de rien.
– Encore par texto ?
– Ouais, je lui ai raconté que mon copain Dédé m'avait envoyé un texto et que je lui avais transféré sans faire exprès.
– Corinne a gobé ?
– Apparemment. Elle m'a répondu : « ah d'accord ! » Et une photo de crêpes en pièce jointe.
– Ha ! Un mensonge, plus c'est gros et mieux ça passe.
– C'est moi qui t'ai appris ça, Kalache.
– Alors pourquoi t'es dans cet état ?
– L'histoire n'est pas finie. La lumière s'est allumée en bas et ça s'est mis à sentir le cramé pour moi. J'ai donc

allumé le starter et j'ai roulé au pas, les feux éteints comme à l'aller.
– Pourquoi « au pas » ? T'aurais dû détaler.
– Je voulais pas faire de bruit, betterave !
– OK, mais t'as quand même dû refaire le tour de la place et passer devant chez elle avec ta nouvelle bagnole rouge pétante, ha ! J'imagine la scène.
– Et tu imagines bien. Quand je me suis retrouvé au niveau de son garage, j'ai vu Corinne en train de fumer une tige avec le couple d'amis qu'elle avait invité.
– Nooon… et alors ???
– Nos regards se sont croisés. »

Comme y'avait de la lumière au plafond
Je m'étais dit que la vie était la vie
Et que la vie était joie

Mais la flamme est coruscation
Dès que le passager déguerpit de la tartissoire[3]
Il ne reste qu'un fumet fétide et piquant
Plongé dans le noir
En attente

D'où l'espoir délirant d'un retour de grâce divine
Un scintillement de poussières d'étoiles
Un gros cul brûlant débarquant de l'autre monde
Histoire de nous redonner corps

Tel était notre dernier rêve
De contrées étrangères et mystérieuses
Les abîmes de nos âmes perdues et perdantes
Les danses enfiévrées de nos misérables cervelles
En cire à bougie
S'irradiant compulsivement
Jusqu'à l'obscurcissement final.

---

3 Tartissoire : WC en argot.

# Boss et travs à gogo

## 1

Pour se différencier des troufions de videurs, Serge ne portait jamais de cravate. Ça lui donnait un air à la fois décontract' et respectable, avec sa chemise déboutonnée sur le haut du torse. Le patron savait bien gérer son business. En trois coups les gros, le Jet7 était devenu le nightclub le plus en vue du département, voire de la région. Les week-ends étaient blindés, particulièrement les samedis soirs où la boîte dépassait systématiquement sa capacité d'accueil maximale. Dans ces moments de rush, la foule des clients bourrés comme des coches était si dense qu'il était compliqué d'y faire régner la sécurité.

Mais Serge avait l'œil partout. Il dirigeait l'équipe de sécu d'une main de fer et n'hésitait jamais à mettre cette foutue main à la pâte en cas de coup dur. En parallèle, il savait distiller une ambiance de fête et de bien-être, à distribuer moultes sourires et embrassades à tout vent, à payer force coupes de champ' et tranches de poilade aux réguliers, ou à investir sans lésiner dans le matos dernier cri et les meilleurs deejays. Du coup, les bouseux du coin se croyaient à Ibiza.

Puis il y avait les soirées à thèmes délirantes, les invités prestigieux, les go-go dancers et les afters. Serge était le roi de la nuit, Maître Corbeau avait dérobé le fromage à tous ses concurrents. Dans son antre de la fête, chaque détail était calculé pour offrir ce qu'il y avait de mieux, devenir THE PLACE TO BE et rafler le jackpot. Tous les fonds de poche des imbéciles heureux y passaient. La liesse faisait couler l'alcool et l'oseille à flot.

Pour finir, le patron tentait sans cesse de nouveaux coups de poker, suivant les élans de sa pure âme d'entrepreneur. Parmi ces fantaisies risquées, le coup des travelos me troua le derche. Fallait des balloches pour oser un tel quitte ou double, surtout en milieu rural. Mais comme il avait beaucoup bourlingué, le boss était l'un des rares haut-saônois à savoir se sortir la tête du cul et regarder devant soi. L'idée des travelos lui permit de proposer du show gratis et quotidien, en plus de ses soirées spéciales un peu onéreuses.

## 2

Toutes sortes d'homos fréquentaient le club et tous les hétéros s'en cognaient. Tous excepté Serge, qui flaira le potentiel économique de ceux qu'il nommait les « folles ». Leur extravagance et leur gouaille égayaient si bien le carré VIP que le boss se mit à les accueillir avec une joie exagérée, à les rincer copieusement de champ' et surtout, à les inviter aux afters privés. Alors les travs se sentirent pousser des ailes et Serge en fit ses mascottes. La première étape du business plan était jouée.

Les « folles » adoptèrent le dress-code complet des night queens : plateform shoes vertigineuses, costumes de parade Samba, strass et paillettes à gogo, maquillage et perruques de circonstance, plumes et diadèmes étincelants, enfin tout l'attirail de l'ange androgyne sorti d'une école de carnaval brésilien. Elles dominaient la foule du haut de leurs deux mètres et défilaient dans la grande salle sous les yeux écarquillés des cul-pailleux intrigués. Lorsqu'on m'embaucha comme cogneur, elles étaient au sommet de leur gloire.

Et à chaque fois qu'elles débarquaient, l'équipe de sécu n'y échappait pas :

« Oh là là, que tu és quente, chéri !
– Arrête de faire ta salope, Cindy ! Tu vois bien qu'il travaille.
– *Ouh sim… Vejo veeejo* !
– Pas touche, pétasse ! Il est à moi.
– *Anytime anywhere*, *my bodyguard…*
– Grrrr… »

Elles griffaient les costumes et réajustaient les cravates, aguichant les videurs avec tant d'habilité qu'elles parvenaient à les dérider. Mais elles ne déliraient qu'avec les personnes qu'elles aimaient bien, pouffant au nez des autres avec une cruauté toute spirituelle. En réalité, elles ne faisaient qu'exprimer ce que d'aucuns pensaient des ploucs, des tocards, des pouffes ou des paysannes qui traînaient leur vulgarité alcoolisée sur le dancefloor comme des poils de cul merdeux sur une lunette de chiotte.

Et les vécés du Jet étaient loin d'être propres, surtout en fin de soirée. Inondés de pisse, de merde et de vomissure, ils constituaient l'ultime aboutissement organique d'une clientèle en sueur et au teint verdâtre, qui se traînait machinalement de salle en salle, telle une limace étalant sa bave sur le sol dégueulasse d'un dédale décadent, un verre à la main et la gerbe aux coins des lèvres. Vous pensez que je m'égare une fois de plus dans des contrées colombiennes sans la moindre raison ? Eh bien détrompez-vous, car mon histoire finira dedans.

## 3

Une fois les lumières ouvertes et les salles évacuées, après la dose habituelle de bastons, de comas éthyliques, de bains d'emmerdements, de gerbes, de pleurs, de préliminaires d'ébats sexuels et autres mélasses routinières, l'after pouvait commencer. Bien entendu, les travelos étaient de la partie. Ils se vautraient sur les tabourets du bar et continuaient leur farce carnavalesque avec un mélange subtil d'aguichage et de drôlerie. Sauf que les anges androgynes s'étaient métamorphosés en cadavres visqueux. Le maquillage avait coulé, la sueur et la crasse avaient dégueulassé leurs déguisements qui pendouillaient en haillons et laissaient apparaître les rembourrages grossiers de leurs soutiens-gorge. Les perruques étaient de travers, les bas étaient troués, la face cachée de la lune était dévoilée. Les belles dragqueens fascinantes étaient devenues de gros mâles crados et déguenillés… déglingués.

C'est dans ces moments-là que les comportements homophobes les plus virulents s'acharnaient sur eux. La cour de Serge, désinhibée par la schnick, se permettait les pires ignominies :

« Espèce de grosse pédale, tu me fais gerber !

– *Love you too, honey* !

– Ça devrait pas exister des saloperies dans votre genre ! Faudrait vous crever dès la naissance, avec les pédophiles et les handicapés !
– C'est bizarre… Tu disais pas ça l'autre soir, chéri ! »

Ce type d'échanges revenait souvent. Les pires homophobes étaient les gays refoulés, qui considéraient les autres homos comme responsables de leurs inavouables inclinaisons.

Malgré tout, le cercle d'amis de Serge n'allait pas plus loin. Il en restait aux paroles, sachant pertinemment que les travs étaient protégés par le boss. Côté videurs, on n'en avait rien à secouer. Les dragqueens ne foutaient jamais la merde et c'était notre seule préoccupation. À l'inverse, les amis de Serge étaient de véritables raclures de chiottes. Une fois qu'ils avaient trois grammes à chaque bras, ils devenaient ingérables et ne respectaient plus aucune règle. Et dès qu'on voulait s'en faire un, Serge rappliquait :

« Allez Kalache, laisse tomber. Peter est fin plein. T'emballe pas, je gère.
– Ton pote est rassis comme une brouette.
– Non, il fait le con pour rigoler.
– N'empêche qu'il enchaîne les clopes sur le dancefloor.
– C'est pas une raison pour le virer.
– Comment tu veux que j'explique ça aux autres clients, Serge ? Les passe-droits foutent la merde. En plus, Peter me nargue ouvertement. Cette raclure de pelle à

merde se fout de ma gueule, crie sur les toits que j'ai rien dans le bide et qu'il encule ma mère.
– Il est saoul comme un Polonais, il sait plus ce qu'il dit. Puis comme t'es nouveau, il te teste, c'est de coutume. Avec le temps, ça lui passera. Tu dois montrer que tu t'en branles et que t'es au-dessus de ça. À force de te voir en action, il te lâchera les joyeuses.
– En attendant, je dis quoi aux autres clients ?
– T'as aucune excuse ou justification à leur donner. Je te rappelle que t'es un mâle alpha. »

Le pire, c'est qu'il avait vu juste. Ses copains me cassèrent les burnes durant trois mois, puis ils me lâchèrent la grappe. En échange, je dus me résigner à ne plus m'occuper d'eux. Serge avait dit qu'il gérait, alors ça me faisait toujours une dizaine de débiles mentaux en moins à canaliser.

## 4

Peter était le pire de la bande. C'était un maître incontesté de la connerie humaine, en concentré. Il avait beau avoir des sapes et une gueule de play-boy, il était tellement con qu'il arrivait à se faire haïr de tous. Et c'était avec les femmes qu'il était le plus répugnant, déballant aux grosses qu'elles étaient grosses, aux moches qu'elles étaient moches, et aux sottes qu'elles étaient sottes. Il n'avait aucun filtre, c'était ce que l'on appelle un « goujat ». Même avec les filles qui lui plaisaient, il ne pouvait s'empêcher de dégueuler sa vulgarité, genre « Eh ma cochonne, t'as déjà testé la sodomie à l'allemande ? ».

Forcément, il enchaînait les baffes dans la gueule et se faisait tout le temps insulter. Sauf que parfois, aussi étrange que cela puisse paraître, il tombait sur une fille férue d'animosité. Je peux témoigner que la violence et la vulgarité en excitaient certaines, qui prenaient les détraqués pour des fiers-à-bras. Mais avec ce genre de grandes gueules, la réalité est rarement à la hauteur des promesses.

Se sachant protégé du boss et de ses hommes de main, Peter cherchait des crosses à tout le monde. Et à la moindre menace de bourre-pif, il courait se réfugier sous les guibolles de papa Serge, qui ordonnait immédiatement un nettoyage expéditif. Moi-même, je rêvai maintes fois de lui décoller la tronche. Puis avec le temps, je me fis à cet abruti et ne prêtai plus attention à ses conneries. Au fond, ce n'était qu'un pitre, un clown, un bouffon qui divertissait son Roi. Fallait le prendre au second degré, se rendre compte que toutes ses outrances n'étaient qu'une manière d'attirer l'attention du grand mogol et de divertir la cour.

## 5

Je compris ce jeu à la première *Private Party* de Serge, organisée dans le parc immense de son manoir familial. Un cocktail du dimanche autour d'une piscine à débordement, de la house à fond les gamelles, un buffet froid gargantuesque, et du champagne « fraise-vodka » en veux-tu en voilà. Tout le monde était là : Serge et sa famille, son cercle d'amis de la nuit, tous les personnels du Jet, et de jeunes pouffes écervelées dont la seule ambition était d'entrer dans le carré VIP.

Peter était dans la place, vêtu d'un slibard blanc trop petit pour lui, volontairement ridicule. Durant tout l'après-midi, il enchaîna farces et bouffonneries, jetant la femme de Serge dans la piscine, faisant des glissades dans l'eau sur un toboggan pour enfants, et se roulant dans l'herbe histoire de souiller son slibard de boue, genre « regardez-moi comme je me suis chié dessus. » En bref, il faisait poiler les convives et Serge se régalait.

Le boss tint son poste d'observation tout l'après-midi, raide comme un passe-lacet au coin de sa piscine, debout un verre à la main. Fidèle à ses habitudes, il supervisait la fête. Du côté des invités, on faisait la queue pour obtenir un tête-à-tête avec lui.

Serge observait l'assemblée du haut de ses deux mètres tout en échangeant quelques banalités avec chacun. C'est là que je réalisai qu'il gérait son business comme un père de famille, à la fois généreux, protecteur et bienveillant, mais également tranchant, central et parfois tyrannique. Ceux qui bossaient pour lui étaient affiliés à la « famille ». Mais une fois qu'on avait trahi le Roi, on était répudié, banni, maudit à jamais.

Cyrille en fit la cruelle expérience. Ce cogneur se pointa au banquet du châtelain, paya sa tournée de bises et de poignées de main, puis alla saluer le boss.

Petit gabarit mais bon videur, Cyrille était trapu et n'avait peur de rien. Quand ça bastonnait et que je sonnais l'alerte, c'était toujours lui qui arrivait en premier. Il rentrait dans le tas sans hésiter et savait dégager sec. C'était un vrai paysan à la peau dure qui enchaînait quatre boulots à la fois. D'abord, il y avait la ferme familiale, puis son taf à la DDE, les chantiers au black dans le bâtiment, et enfin la boîte de nuit. Cyrille était un bourreau de travail, un véritable bûcheron saônois.

Donc il se pointa tout décontracté vers le patron pour lui serrer la pince. Sauf que Serge garda ses mains dans les poches et lui décocha un regard assassin :

« T'étais où samedi soir ?

– En repos.

– Et tu t'es bien amusé ?

– Faut bien.

– T'étais au Paradise ? »

Le Paradise était la boîte concurrente de Bourbonne.

« Ben ouais, pourquoi ?

– Parce qu'y a des amis qui t'y ont vu.

– Et alors ?
– Alors t'es viré. Décanille en vitesse avant que j'éclate ta sale gueule de vendu ! »

Étant donné qu'il n'était pas chez lui, Cyrille ravala son amour-propre et se tira sans moufter.

## 6

Ça se passait comme ça fréquemment. Dénoncé par les mignons du Roi. Procès expéditif. Coupable de trahison. Et basta finito, un autre prenait la place et le jeu des chaises musicales ne s'arrêtait jamais. Un barman était viré parce qu'il manquait un euro dans sa caisse, un videur parce qu'il était allé voir ailleurs, un gardien de parking parce qu'il avait une couille plus grosse que l'autre, et seuls ses enfoirés de favoris ne changeaient pas, les raclures de bidet comme Peter, qui ne se lassaient jamais de lécher le cul de Papa tout en lui chatouillant les poils des couilles avec leur moustache. C'était l'*unexchangeable VIP quarter*, qui faisait couler le champagne à flots en proue de bar, dominant la piétaille de leur dédain. Les adorés du King.

En ce qui me concernait, je n'avais pas trop à me plaindre. J'étais bien vu du parton, pour je ne sais quelle foutue raison. Peut-être parce que j'ai toujours été doté d'une fallacieuse tendance à inspirer confiance. Je bossais bien, j'obéissais au doigt et à l'œil sans ne jamais la ramener, j'étais costaud et courageux, puis sans doute un peu plus malin que la moyenne. En tout cas d'apparence, car le silence a cet avantage qu'il donne toujours l'impression d'être plus profond qu'on ne l'est en réalité.

Comme il m'avait à la botte, Serge m'emmenait avec lui pour ses missions les plus délicates : ses pétages de plomb.

Le patron traversait plusieurs phases dans une même soirée : ferme et posé durant les premières heures, festif et guilleret quand la fête battait son plein, mauve et irascible avant la fermeture. Je le soupçonnais fortement de se sucrer les naseaux. Une fois son Jet en pilote automatique, il sortait mine de rien sur le parking et marchait discrètement jusqu'à sa bagnole. Il s'y engouffrait quelques minutes histoire de se tirer sur le crayon et à son retour, le marlou reniflait tel un chien des douanes. C'est à ce moment précis qu'il rejoignait ses potes au bar et qu'il se mettait à rincer de champ' à tout va. Malheureusement, la descente n'était pas jolie à voir.

« Kalache, tu fais quoi ?
– Je dois surveiller la petite salle.
– Suis-moi !
– Faut que j'appelle un relais.
– Ramène-toi, que je te dis, et prends la gazeuse ! »

En déclivité, Serge avait besoin de se défouler et y'avait toujours une bonne occaz. Un gamin qui foutait le bordel dehors, autour des dix-huit ans. Un qui s'était fait sortir à cause de l'alcool, un jeune un peu lourdingue, rien de méchant. Juste un petit puceau qui n'avait pas l'habitude d'encaisser. Un qui gueulait devant la disco parce que sa copine était restée à l'intérieur avec tous ses effets personnels. Un qui ne savait même pas trop ce qu'il voulait, bourré comme un coing. C'était le pain béni d'un Serge en descente, aux aguets du chemin obscur qui conduisait au centre-ville, dans l'attente de l'instant magique où le boutonneux se lasserait de gueuler dans le vent et se déciderait enfin à regagner son logis à pied.

« Magne-toi, Kalache ! Il va nous échapper ! »

Arrivés à hauteur du gosse, le délire commençait :

« Eh trouduc ! Alors comme ça tu fous le bordel dans ma boîte ? »

Je me plaçais de côté, les jambes légèrement écartées, mes mains jointes autour de la gazeuse, droit comme un piquet, dans la position du bodyguard. Le jeune avait toujours le regard perdu du gars qui comprenait pas. « Hein ? Keske vous voulez ? » À ce moment-là, Serge lui coupait le souffle en lui décochant un uppercut dans le bide. Le gosse se tordait et Serge en profitait pour lui mettre un énorme crochet du gauche en pleine tronche. Et quand le gosse allait embrasser le bitume, le boss le saisissait par le colbac en enchaînant les directs du droit.

« Ah, tu la ramènes moins, fils de pute ! »

C'était toujours le même scénar'. Une fois le minot K.O, le patron le laissait mesurer le sol et le terminait à coups de savates.

« Espèce de petit enculé de mes deux, je veux plus voir ta sale gueule de merdeux chez moi, tu piges ? »

À chaque fois, je regardais la scène avec dégoût, sans ne jamais parvenir à m'y faire. Malgré ça, je ne tentai jamais rien pour empêcher ces raclées. Pire, je me tenais prêt à intervenir en cas de besoin. Serge prenait cette précaution depuis qu'il s'était fait démonter la tronche par un nabot, boxeur de toute évidence. En tout cas, la rumeur s'était répandue comme une traînée de poudre blanche et le blair défoncé de Serge ne faisait que la confirmer. Inutile de dire qu'il le vécut très mal et que depuis cet accident, il ne manquait jamais de me prendre en renfort. Alors j'assistais à chaque fois au même carnage. Avec quelques variantes :

« File-moi la gazeuse, Kalache ! »

Et Serge douchait le gamin, qui gisait depuis longtemps déjà, complètement rétamé. Des fois, il arrivait que la petite amie accoure en chialant :

« Arrêtez, vous allez le tuer ! Par pitié, vous avez pas le droit de faire ça !
– Tiens salope, t'en veux un coup ! »

Et le patron de doucher la gamine, qui s'écroulait sur son petit copain en convulsant de douleur.

« Allez viens Kalache, on en a fini avec ce ramassis de cassos'. C'est comme les handicapés, faudrait tous les tuer à la naissance. »

Tiens donc, j'avais déjà entendu ça quelque part.

## 7

Quand la soirée prenait cette direction, ça puait la déchéance. Au retour d'un tel caramel, Serge s'accoudait au bar et se mettait à charrier Peter :

« Alors Peter, t'as décidé de te choper de la meuf ou de passer la soirée avec la veuve poignet ?
– Toutes des cageots. Puis y'a ces saloperies de travs immondes qui me coupent la bite. J'ai plus envie de niquer tellement ils me dégoûtent !
– Peut-être qu'avec du rouge à lèvres et des talons aiguilles, t'arriverais à conclure.
– Arrête de m'emmerder Serge ! Putain, vous faites tous chier ce soir. J'en ai plein-le-cul ! »

Finalement, comme Peter tenait à sa prétendue réputation, il se décida à racoler les blondinettes qui bâillaient à s'en décrocher les mâchoires.

« Alors les poufs, ça roule ?
– C'est nous que tu traites de poufs ?
– Ouais, surtout ta copine qu'est pas de première main. En revanche toi, faudrait penser à ralentir sur le nutella. Peut-être qu'avec vingt kilos de moins tu serais baisable. »

Suffoquée, la grosse ne répondit rien. Par contre, la vieille moucha le goujat :

« C'est pas toi le mec qui vend des chiottes ?

– Si, pourquoi ? Je parie que je gagne plus qu'à vous deux réunies.

– Eh ben tu devrais t'en fabriquer des chiottes, à ta taille de pygmée, pour y cacher ta sale gueule d'étron visqueux qui daube les débourroirs de camping. Même une chiasse d'ivrogne ne refoule pas autant que ton haleine de vendeur de latrines. T'as vu ta gueule ? Tu te prends pour Alain Delon alors que t'as la tronche de son petit frère trisomique. Même qu'y te faudrait des échasses pour regarder ma copine dans les yeux. T'es qu'un dwarf à micropénis et je parie que tu dois baiser comme un lapin, et pas souvent. À tous les coups, tu vis seul comme un con et tu chiales tous les soirs comme un gniard abandonné au milieu de ses catalogues de gogues ! Et tu sais c'est quoi le plus drôle ?

– Non, connasse.

– C'est que t'as même pas d'amis ! Tout le monde le sait, t'es seul comme une merde de chien au milieu d'un terrain vague. Une grosse merde, voilà ce que t'es ! Un étron de clébard qui se prend pour une statue de bronze ! Sauf que t'es que le bronze ! Ha ! T'es un bronze qui vend des boîtes à bronzes ! T'es qu'un minable ! UN MINABLE ! T'ES QU'UN GROS MINABLE ! »

Cette tirade atomique coupa le sifflet du butor à kangourou, et le mot « minable » se mit à résonner en boucle dans sa tête. Après ça, les filles se barrèrent en ricanant et Peter resta crucifié sur place, bloqué, la bouche ouverte et les yeux humides. Toute l'assemblée se tapait le cul par terre, potes et staff réunis.

« Putain de grosses pouffiasses de merde ! Font chier toutes ces connasses qui méritent qu'on les cogne en les baisant, puis qu'on les laisse pour mortes dans le caniveau. J'en ai assez soupé, de leur baratin à deux balles ! Qu'elles ferment leur gueule et se contentent de nous sucer la queue. Toutes des putes ! »

Plié de rire, Serge était à deux doigts de l'infarctus :

« T'as qu'à te taper un travelo, ça te changera !
– En tout cas, je préfère vendre des vécés que de fréquenter cette bande de tarlouzes ! Enculez-vous bien les uns les autres, moi je me casse !
– Allez Peter, lui lança le patron, je vais nous déboucher une bouteille de champ' et ça ira mieux. »

Pour une fois, Peter n'écouta pas son Papa et décanilla illico de la boîte. Sauf qu'arrivé à la portière de son Audi TT, il se rendit compte qu'il avait perdu ses clés. Il eut beau refouiller dix fois l'intérieur de ses poches, il ne trouva rien. Du coup, retour case départ.

« Vous trouvez ça marrant ?
– Quoi ?
– Vous m'avez piqué mes clés de bagnole pour me pousser à bout. Vous me prenez pour un jambon ? Je

vous préviens, je rigole plus, vous me les rendez cash ou je déglingue tout !
– Arrête tes conneries, fit Serge. Personne n'a piqué tes clés, t'as dû les faire tomber en chemin. »

Sauf que Peter était réellement persuadé qu'on le tournait en bourrique. Il passa le reste de la soirée à faire des allers-retours entre la grande salle et la porte d'entrée, chialant comme une madeleine et vociférant contre la terre entière. À l'after, il se calma enfin, inerte et bouche cousue, accoudé au bar. Un after banal : bouffe, enveloppes, travs en folie et tournées de sky.

C'était la fin. Guests et personnels s'évaporaient tranquillement et la boîte s'endormait peu à peu.

« Quelqu'un a vu Peter ? demanda Serge.
– Non, répondit Luc. Il a dû finir par retrouver ses clés et rentrer chez lui.
– Sans dire au revoir ?
– Faut croire.
– Il faisait peine à voir, en tout cas.
– Il avait la haine parce qu'il se tapait la honte devant tout le monde.
– C'est triste qu'il en soit arrivé là, mais on s'est bien marré quand même !
– Je crois pas qu'il ait trouvé ça drôle, Serge.
– T'inquiète Luc, Peter reviendra prendre ses quartiers samedi prochain, comme si de rien n'était. Je te parie cent euros.

– Je te suis pas sur le pari. Entièrement d'accord avec toi, c'est sûr qu'il reviendra.
– Et plus en forme que jamais, ha ! »

J'étais chargé de faire un dernier tour de club afin de vérifier qu'il n'y avait aucun comateux tapi dans l'ombre. Je passai au peigne fin tous les coins et recoins du Jet, salle après salle. Puis je me dirigeai vers les chiottes, un concentré d'immondices en puissance, des couches de merde étalées sur les murs, une inondation de pisse et de gerbe au sol, et des lavabos remplis à ras bord de déjections humaines. Et je ne vous parle même pas de l'odeur.

J'ouvris la porte avec précaution, me tenant prêt à patiner sur une grosse flaque de grumeaux. Alors je m'attendais à tout… À presque tout. Tout sauf à ça.

Peter se tenait devant ma gueule, adossé au mur du fond, quelque part entre les pissotières et les lavabos, en extase, la bouche ouverte et les yeux clos, avec un épais filet de bave qui lui coulait du coin des lèvres.

Un trav était en train de lui sucer la queue.

Qui donc maintient
Que l'hiver ne donne
Sur de longs automnes.

# LE PAPRIKASH

## 1

Roman et Sekera, c'était Charybde et Scylla. L'espoir d'une issue n'était qu'illusoire. Roman n'avait peut-être pas la stature et l'expérience de Sekera, mais il en avait la détermination. Il avait beau être urgentiste à l'hôpital de Novi Sad, il fumait comme un pompier et buvait comme un trou, conformément à la devise nationale : « En Serbie, qui ne fume pas fume et qui ne boit pas boit. » Même si je connaissais la maxime, je ne vis rien venir.

Deuxième jour de congrès, après une grosse matinée de travail et un repas tonitruant dans l'un des plus beaux restaus de Sombor, Roman lança à la cantonade qu'on devait se rendre à un paprikash traditionnel au fin fond de la campagne voïvodinienne, en respect du programme officiel. Ça me laissa perplexe, d'autant plus que Roman n'était en rien mêlé au séminaire. Toutefois, comme toutes les grosses têtes de la fac approuvèrent, je ne me posai guère de question. Selon elles, j'allais vivre de l'intérieur une coutume ancestrale de la Voïvodine profonde. Il s'agissait en quelque sorte d'une visite culturelle.

On s'éclipsa à bord du cabriolet japonais de Roman, qui sortit des cigarillos pour l'occasion. Musique à fond et cheveux au vent (crâne chauve en ce qui me concerne), on était les rois.

« Faut qu'on aille chercher Miladin, gueula Roman dans un bourdonnement assourdissant.
– Qui c'est ?
– Un ami de la famille. Puis faudra qu'on s'arrête pour le ravitaillement.
– Picole ?
– Essence, alcool, tabac et tout ce que tu voudras.
– C'est loin ton paprikash ?
– Deux cents bornes. T'auras le temps de roupiller. »

Ça tombait bien, j'étais complètement schlass. Ces deux heures de route étaient une bénédiction. Du coup, Miladin, je l'aperçus à peine entre deux black-out : un petit blondinet tout chétif. Roman entama le récit de leur rencontre et de leur amitié. En gros, c'était un jeune plombier sans famille qui avait passé l'essentiel de sa jeunesse chez Branko, genre un fils d'adoption. Après je me souviens plus, je pionçai jusqu'à l'arrivée. Il me reste juste un flash, une vision furtive, comme un éclat de rêve : une station-service et mes deux compères en train de remplir le coffre d'immenses caisses de bières.

## 2

À mon réveil : une campagne ordinaire, un village ordinaire, une vieille bâtisse ordinaire. On me déchargea avec les caisses de binouzes, puis on me traîna autour de la demeure jusqu'au jardin arrière. Y'avait un grand verger, des tables en bois et un feu directement fiché sur le sol, fumant et crépitant au centre d'un vaste cercle de pierres. Le maître des lieux se nommait Dragan. Il nous accueillit chaleureusement, en anglais qui plus est, histoire que je puisse calter.

« Salut Kalache ! Heureux de te revoir. Tu te souviens de moi ?

– Je crois.

– On a mangé ensemble chez ton père, avec ma femme et Roman, quand on est venus en France l'été dernier.
– Ah ouais, je m'en souviens maintenant. T'es aussi médecin, c'est ça ?
– Oui, j'ai rencontré Roman dans un train, sur le trajet d'un séminaire. On s'est tout de suite détestés. Puis il a sorti une bouteille de Bordeaux et j'ai sorti la rakia.
– Et vous vous êtes bourrés la gueule.
– Ici on dit qu'on est devenus amis. »

Le ton était donné. Il était dix-sept heures à peine, y'avait que trois pelés et un tondu, en plus de Dragan, Roman, Miladin et moi, qui s'affairaient aux préparatifs du paprikash : émincçage d'oignons, découpage de viande et surtout torchage de bibine au soleil.

Un espèce de metaleux à longue tignasse, T-shirt noir destroy et treillis militaire kaki, s'excitait autour du brasier. Il disposait branches et bûches, attisait la fournaise avec un long bâton, et sautillait sans cesse, accroupi tel un indien. Dragan fit les présentations :

« Je te présente Grgo. Grgo-Kalache, Kalache-Grgo… » On se serra la pince. « Grgo est cuisinier de profession. Il maîtrise à la perfection la recette ancestrale du paprikash de gibier. Il n'en existe pas de meilleure, car le secret n'est transmis que de père en fils. »

Grgo me tendit un sachet transparent bardé de poudre rouge, sans doute le fameux paprika secret qui servait de base à la sauce. Il suça son index et le plongea dans la poudre magique, puis il l'en sortit et le reporta à la bouche. Silence général.

D'un geste, il m'invita à en faire de même. Roman et Miladin sautèrent sur l'occaz et me piquèrent mon tour. Naturellement, je suivis sans broncher. Verdict : ça arrachait sa mère. Sans pitié pour les petits joueurs, Grgo versa l'intégralité du cornet dans un énorme chaudron. Les invités dont les estomacs fragiles ne toléraient pas les piments de puissance atomique allaient tout simplement être privés de bouffe.

## 3

Ayant brillamment passé le rituel du feu, j'étais de la famille. Je dirais même plus, en tant que nouvel invité, j'avais droit à tous les privilèges. C'est en tout cas ce que m'expliqua Roman : « ça se passe comme ça, en Serbie ».

Dragan se sentit obligé de me faire visiter la demeure familiale : une vieille bâtisse campagnarde maintenue dans son jus. Il n'y avait qu'un détail des plus intrigants et qui ne cessait d'attirer mon regard : des boîtes de verre accrochées un peu partout sur les murs, en guise de déco, et des munitions de guerre à l'intérieur. Je restai québlo devant une cartouche étrange, avec une ogive à sa base.

« C'est une balle explosive à répercussion chimique, s'empressa de m'expliquer Dragan. Une rareté, même en Serbie.
– D'où tu tiens toutes ces cartouches, Dragan ?
– Ben de la guerre, couillon ! Mon père et mon grand-père ont combattu.
– Et toi, t'avais quel âge ?
– Dix ou onze ans.
– Elle est énorme, ta collection.
– Et ce n'est là qu'une infime partie du patrimoine familial.
– C'est assez effrayant.
– Effrayant ?
– Disons d'un point de vue occidental.
– Je te dis que c'est rien. Suis-moi. »

Dragan me conduisit dans le garage, sous une trappe qu'il ouvrit à l'aide d'un manche à balai. Après avoir déplié une échelle escamotable, il monta sous les combles. Roman, Miladin et moi lui emboîtâmes le pas.

Comme je l'avais prévu, on se retrouva au milieu d'un épouvantable arsenal militaire. Il y avait d'innombrables armes de poing : Cz, Glocks et Sig Sauer, avec tout plein de kalachnikovs et des caisses de munitions au large. Valait mieux éviter la moindre étincelle car la charpente était rongée jusqu'à la moelle. Très fier de lui, Dragan s'écria :

« Tu vois, Kalache, le sanglier du paprikash que tu vas manger ce soir a été abattu par l'une de ces armes.
– Vous chassez le sanglier à la kalachnikov ?
– Moi non, mais les chasseurs du village oui. Je leur fournis les fusils, en échange desquels ils me réservent une part de leur chasse. Ils peuvent même faire des battues nocturnes grâce aux viseurs thermiques à infrarouge de cette caisse.
– Ouah la vache ! C'est légal ça ?
– Non, mais tous les flics du coin appartiennent à des familles de vétérans. Ils sont prêts à retourner au front quand il le faudra.
– Alors la paix, c'est de la fumisterie ?
– Les Serbes voudront toujours récupérer le Kosovo et les Kosovars voudront toujours conquérir les territoires manquants de la Grande Albanie. Quant aux Croates, ils seront toujours nostalgiques de l'ère glorieuse des Oustachis.
– Les Balkans sont donc une poudrière ?
– À l'image de mon grenier, Kalache. Les armes dorment en attendant le réveil de la guerre et la paix n'est qu'une prestidigitation de NATO l'illusionniste. »

## 4

« Raconte à Kalache l'histoire du Glock, balança Roman.

– Figure-toi qu'un jour, je déjeune avec un ami et on décide d'aller faire du tir dans les bois. Plein comme une pute aux heures de pointe, j'ai filé un Glock .9mm à mon pote et j'ai complètement oublié de le récupérer.
– Il te l'a pas rendu de lui-même ?
– Non, il était moins bourré que moi.
– Et alors ?
– Des mois se sont écoulés jusqu'au jour où les journaux télévisés annoncent qu'un gars s'est fait descendre à Belgrade… avec un Glock .9mm. Les flics sont rapidement remontés jusqu'à moi et m'ont embarqué. J'ai appris que l'arme avait été revendue et utilisée dans un règlement de compte. On m'a condamné pour complicité de meurtre avec circonstances atténuantes. Au final, j'ai pris deux mois fermes et pas mal de sursis.
– T'as fait de la taule ?
– Ouais, ce qui ne m'a pas empêché de finir toubib. »

Les affaires louches de Dragan donnaient de la prestance au personnage, qui dégageait la puissance et l'assurance d'un vrai dur à cuire. Il était grand, balèze et se tenait toujours droit, les épaules en arrière et le port altier. Cette fierté virile caractérisait bon nombre d'hommes des Balkans, quelles que fussent les frontières conflictuelles.

Au déclin du jour les invités arrivaient par dizaines : des Serbes, des Hongrois et des Slovaques. La Voïvodine accueillait en son sein divers peuples installés là depuis des temps antédiluviens. Cette région serbe ne reconnaissait pas moins de six langues officielles : le serbe, le hongrois, le slovaque, le roumain, le croate et le rusyn, un dérivé de l'ukrainien. Chose remarquable, tous les panneaux étaient traduits dans les six langues. Puis il y avait le romani balkanique, ou langue des « roms », qui ne bénéficiait pas d'un statut officiel.

## 5

Dans la soirée, trois langues étaient fréquemment utilisées : le serbe, le slovaque et l'anglais. La première par commodité, les deux suivantes par respect. Dragan avait exigé que je ne sois jamais mis à l'écart des conversations.

Question causette, les Serbes avaient cette tendance à l'exagération si typique des peuples slaves : quand une discussion s'engageait, elle ne voulait plus s'interrompre. On racontait sa vie, on déroulait la grande Histoire et de fil en aiguille, on refaisait le monde. Avec l'ivresse, de parfaits inconnus devenaient vos amis pour la vie.

Je me sentais bien à ce paprikash. Sauf que le ragoût mit sept heures à cuire et que les agapes commencèrent à minuit, dans un état d'alcoolémie général avancé. Je réalisai que j'étais à deux cents bornes du campus entre les mains d'inconnus totalement étrangers au séminaire, et que mon chauffeur alcoolo était hors d'état de conduire.

À une heure du mat', il n'y avait plus qu'une dizaine de survivants autour du feu. Roman et Miladin étaient morts pleins et introuvables. Je ne connaissais plus personne hormis Dragan, et malgré tous ses efforts pour me mettre à l'aise, j'angoissais à l'idée de la matinée qui m'attendait. Une chiée de conférences allait me tomber sur le crâne et je devais essuyer un one-man-show d'une heure. Comment allais-je y arriver ? Comment allais-je rentrer ? Quand ? Et dans quel état ?

Conscients de mon malaise, mes acolytes de fortune décidèrent de faire venir des filles. Dragan sortit son portable et s'isola pour passer des appels. Je me bidonnais. Était-il concevable de se faire livrer en dindes à une heure du mat', au fin fond de la cambrousse, à un repas de chasseurs alcooliques ? S'il n'en venait qu'une, grosse, bossue et à moitié chtarbée, ç'aurait déjà été un miracle.

Un pack de bières plus tard, trois bagnoles se garèrent devant la casba. Une dizaine de mannequins internationaux sortirent de leurs boîtes à sardines sous mes yeux ahuris, dans des tenues de soirée pour le moins courtes et aérées. J'étais sur le cul, abasourdi, paralysé. J'avais jamais vu un truc pareil. Les filles débarrassèrent, firent la vaisselle et servirent le café, nous répondant quand on leur parlait, nous souriant quand on les regardait, se taisant quand on ne leur demandait rien. Attention je vous vois venir… Non, je ne suis pas macho, je ne fais que relater ce que j'ai vu, un point c'est tout.

Dragan me montra une grande blonde dont j'éviterai de faire la description, par respect du lectorat féminin.

« Tu vois, la fille là-bas ?
– Tu m'étonnes que je la vois.
– J'oublie toujours que les Français sont excités comme des cerfs en rut dès qu'ils voient des femmes.
– Celles d'ici peut-être.
– C'est affaire de goût.
– Sûr que si tu craques pour les petites boules qu'ont la gueule de travers et une écrevisse dans la tourte, tu dois être déçu.
– Les filles slaves ne sont pas plus belles que les autres.
– Non, mais elles correspondent mieux à l'idée que les hommes se font de la beauté.
– Tu te fous de ma gueule ou quoi ? »

Je n'insistai pas.

## 6

« Elle s'appelle Héléna. Il y a des années de cela, Miladin en était fou amoureux. Il n'avait d'yeux que pour elle et c'était de notoriété commune.
– Je parie que cette passion n'était pas réciproque.

– Un petit gringalet timide et gagne-petit, ça fait pas rêver les filles d'ici. En toute logique, il a enchaîné les râteaux durant des années.
– C'est vrai que j'ai du mal à les imaginer ensemble.
– Eh ben figure-toi qu'il n'a jamais abandonné. Même qu'un soir, il a posé ses burnes sur la table.
– Quoi ?
– Façon de parler. En fait, il a sorti sa gratte et s'est mis à chanter.
– Ah…
– Les paroles étaient bien écrites. Ça racontait l'histoire d'un peintre misérable et désespéré qui déclarait sa flamme à une princesse inaccessible.
– Ça me rappelle une histoire de Gogol, sauf que le peintre en question réalise que la princesse est une putain.
– Miladin a miaulé avec tant de poésie et de délicatesse que le petit cœur d'artichaut d'Héléna s'est embrasé. Le soir même, elle s'est jetée dans ses bras et il a touché les étoiles.
– Incroyable !
– Kestu crois, nos princesses ne sont pas des putains. Miladin et sa dulcinée ont vécu plusieurs mois d'amour fusionnel.
– Et pourquoi diantre cette idylle a pris fin ?
– Parce que Miladin a vu d'autres filles et qu'il s'est désintéressé d'Hélena.
– Quoi, ne me dis pas qu'il l'a laissé tomber ?

– La pauvre a mis du temps à s'en remettre. »

Grgo ne parlait pas beaucoup. Le cuistot préférait manifester son amitié par des gestes attentionnés. Alors quand il me vit partir pisser au fond du verger, il se joignit à la vidange et me balança ces quelques mots :

« T'as vu l'étoile juste au-dessus de nos têtes, Kalache ?
– Laquelle ?
– La plus grosse.
– Ouais, je la vois.
– Tu trouves pas que cette putain brille comme une truie ? »

Je ne compris jamais cette étrange analogie mais elle me fit bien marrer, jusqu'à ce que je regarde ma montre et que je m'aperçoive qu'il était déjà cinq heures du mat'. J'avais rendez-vous avec Branko à huit heures tapantes, pour le petit déj. Et je réalisai que je n'allais guère avoir le temps de dormir et de décuiter. Ne me restait plus qu'à prier Sainte Kalach Patronne des Serbes.

## 7

En cuisine, une sylphide balkanique préparait la domaca kava en suivant à la lettre le rituel magique de ce caoua très particulier. La vision me captiva quelques instants.

La fille tenait de la main gauche une casserole en inox qu'elle amenait patiemment à ébullition, la main droite manœuvrant délicatement le bouton manette de la gazinière. Juste avant que le liquide ne déborde, elle le retirait du feu et le laissait doucement redescendre, puis elle recommençait l'opération à plusieurs reprises, avec toute la délicatesse et la poésie qui manquent à nos machines à capsules sépulcrales.

« Suis-nous, Kalache ! gueula Dragan.
– Je cherche Roman.
– Oublie ton chauffeur, il est rétamé. Faut que tu dormes si tu veux être en forme demain.
– Tu veux dire dans trois heures.
– Si tu dors ne serait-ce qu'une heure, ça sera comme demain. »

Je les suivis malgré moi, direction la chambre des darons. La lumière allumée, Dragan débusqua deux cuitards qui ronflaient comme des cochons dans le plumard sacré. Grgo les dégagea de la piaule à coups de pompes dans le derche et Dragan me somma de larver.

« Je peux pas, insistai-je, faut vraiment que je trouve Roman et qu'on décolle.
– Ce soir t'es le roi. Dis-toi que la prochaine fois, c'est toi qu'on savatera. »

Dès qu'ils furent partis, je fis le tour des chambres et pinçai mon chauffeur étalé à même le sol, en chien de fusil au pied d'un pieu rempli de cadavres qui jouaient de l'orgue.

« Réveille-toi, Roman ! Il est sept heures du mat' et je vais louper le colloque ! À cause de tes conneries, je suis dans la merde ! Bouge ton cul, il est déjà sept heures nom de Dieu de putain de merde ! »

Roman se leva d'un bond. Totalement paniqué, il répétait en boucle : « Merde et remerde de nom de Dieu de bordel à cons ! » Il était complètement à l'ouest.

On décarra de l'avant jusqu'à la japonaise, et Dragan rappliqua pour nous dire au revoir :

« À demain, Kalache !
– Comment ça ? fis-je discrètement à Roman.
– C'est dans le programme, t'as pas regardé ?
– Quoi ?
– La tournée des bars de Novi Sad. »

« Merde… » que je me dis. Cuit de chez cuit dans tous les sens du terme. Roman démarra en trombe, inconscient d'abandonner son demi-frère plombier, d'avoir encore du vomi dans les cheveux et d'être sur le point de bouffer deux cents kilomètres de goudron. J'avais bien fait de lui dire qu'il était sept heures au lieu de cinq. Grâce à ce mensonge avisé, j'arrivai au campus une demi-heure avant le rendez-vous, juste le temps de faire un saut dans ma suite abandonnée, de prendre une douche et de dégueuler dans les goguenots, de me brosser les dents et de gerber dans le lavabo, de changer de fringues et d'en refiler un sur le carreau, de m'asperger de parfum et de rendre encore un demi-boyau. Frais comme un faux soulier neuf à la semelle pourrie, j'arrivai à l'heure au boulot.

Troue ma plus belle chemise
Et brûle-la si tu veux
Toutes les folies sont permises
Afin de coudre mes yeux dans tes yeux.

## POUR L'AMOUR D'UNE PUTAIN

### 1

Suite au décès de sa grand-mère, Gino hérita d'une blinde. Il en profita pour plaquer son poste d'agent médical en balnéo et reprendre ses études de Kiné. Une fois son diplôme en poche, il s'acheta une maison de maître au centre-ville et y ouvrit son propre cabinet. Je venais régulièrement faire soigner mon arthrite par électrostimulation.

« T'es quand même bien Gino, dans ton petit cabinet privé ! Tu dois te faire de sacrées pépettes.
– Ouais, je gagne bien ma vie, j'ai une situation stable et privilégiée, j'en suis conscient, mais je vis seul comme un con.
– T'as qu'à sortir.
– J'arrive sur mes quarante-cinq balais, Kalache. Les bars et les boîtes, c'est fini pour moi. Je m'y sens comme un dinosaure. En plus, j'ai personne avec qui y aller et quand t'es tout seul comme un con, ici ou à l'autre bout du monde, tu restes tout seul comme un con.
– T'as pas tort.
– J'ai plus envie de ça, de toute façon.
– Attends que je réfléchisse… Tu rêves d'une femme qui soit belle, bonne mère et bonne pâte, et qui t'aimerait pour ce que t'es ?
– Évidemment couillon, qui n'en rêverait pas ? Mais on vit pas dans un conte de fée, Kalache.
– Ce n'est pas un conte de fée que je te propose. Les deux seules conditions sont que t'acceptes d'élever un enfant qui ne soit pas de toi et que tu lui payes de grandes études.
– Conditions acceptables.
– Alors direction les pays de l'Est ! Partons ensemble une semaine à Bratislava et je demanderai à mes cousins, à mes cousines et à tous mes copains de te

présenter de super belles nanas intéressées par ce genre de plan. Et tu peux me croire, y en a !
– Pourquoi pas, j'y avais jamais pensé. »

## 2

Le soir même, Gino surfait sur les sites matrimoniaux les plus en vogue du net, afin d'y faire des rencontres avec de jeunes et jolies slaves. Le lendemain matin, il me téléphona excité comme un taureau avant saillie :

« Passe à la maison ce soir Kalache, tu pourras pas croire ce que je vais te montrer ! Nom de Dieu d'enfant de putain, t'avais raison ! »

Sur le coup, je me demandais bien de quoi il parlait. Le soir venu, je me rendis dans son petit manoir, judicieusement caché derrière une grande façade grise et sale, comme la plupart des maisons bourgeoises vésuliennes. Je sonnai à l'énorme porte voûtée en bois massif, puis je traversai un long porche sombre en pierres apparentes et déboulai dans une très charmante petite cour fleurie et arborée, d'où s'élevait la nouvelle demeure exquise et enchanteresse de Gino. On s'installa dans la pièce la plus pourave des lieux, une vilaine cuisine d'été en sous-sol où Gino adorait s'encanailler autour d'une pauvre table de camping en formica, comme à la bonne vieille époque de son appart' de la place Commandeur. Son ordi était posé sur la table.

« Bon, c'est quoi ton délire, Gino ?

– Je me suis inscrit à Slavellita, un site matrimonial spécialisé dans la rencontre de filles de l'Est. J'ai renseigné mon profil et j'ai posté ma photo. Regarde un peu toutes les propositions que j'ai déjà reçues ! Mate un peu les photos !

– Ouais je vois… C'est vrai qu'elles sont magnifiques, tes nanas. Mais méfie-toi quand même de ce genre de site. C'était absolument pas ce que j'imaginais lorsque je t'ai parlé de rencontrer des filles slaves.

– Je sais, mais je m'en bats la gaule. Mardi prochain, j'ai rendez-vous à Lausanne dans les bureaux de l'agence, histoire d'avancer dans mes recherches.

– Histoire de raquer un max de blé, tu veux dire.

– En l'état, mon argent me sert à rien. Et quand on peut rien partager, qu'on soit riche ou pauvre, on sort de la même vaisselle.

– Fais comme tu le sens, Gino, pourvu que tu te fasses pas rouler. Puis tiens-moi au jus histoire que je me marre.

– T'inquiète, je te mets sur le coup. De toute façon, y'a qu'à toi et à Dédé que je peux en parler. »

Contre toute attente, je ne revis pas Gino durant des mois. Les événements s'enchaînèrent si rapidement pour lui que je sortis complètement de son esprit. De mon côté, comme je rencontrai le Dr Haas du CHU de

Besançon, je n'eus plus vraiment besoin de ses appareils d'électrostimulation.

Des connaissances communes m'apprirent qu'il avait rencontré une Ukrainienne de Kiev, d'abord sur Skype et puis chez elle, au pays. Dans la foulée, sa dulcinée vint s'installer au manoir avec sa fille de quatorze ans. Toujours selon les ragots, c'était une idylle. Gino partagea son cabinet en deux pour qu'Anastasia, son amour petit-russien, puisse directement pratiquer son métier d'ORL. Quant à la gamine, une dénommée Lila, elle intégra une école privée catholique tout ce qu'il y avait de mieux et de plus cher dans le domaine de l'instruction. C'est alors que la triste demeure du roi Gino se mit à vibrer sous le vent doux et agréable des mouvements du nouvel éventail familial. Une piscine fut même construite.

Un an plus tard, je reçus un faire-part pour le repas de mariage, célébré au château de Villeduc du côté de Besançon. Mais je ne comptais pas m'y rendre à cause de ma phobie des lieux bondés. Je rédigeai un texto à Gino où je le félicitais pour ses noces, tout en prétextant un empêchement bidon.

## 3

Anastasia se construisit rapidement une solide réputation de médecin compétent et chaleureux. Elle passa toutes les équivalences nécessaires à l'obtention officielle de son titre d'ORL. Quant à sa fille Lila, après des débuts laborieux dans l'apprentissage de la langue française, elle enchaînait les félicitations aux conseils de classe. Un ami m'apprit que la famille avait acheté un Porsche Cayenne et qu'elle louait tous les ans une villa en Corse à cinq mille euros la semaine. Puis tout un tas d'autres conneries du même acabit…

Un après-midi de printemps où je prenais l'apéro en terrasse avec Gilles, un videur du Jet7, celui-ci s'écria : « Tiens, mate un peu. C'est Anastasia, la femme de ton copain Gino. » Je fus déçu… Je la trouvai quelconque, franchement pas terrible. On était loin des bombasses qu'il m'avait montrées sur son ordi. Après tout, l'essentiel était qu'il fût heureux.

Peu de temps après, je finis par croiser mon kiné italien. En rentrant chez moi à pied par la rue Saint-Martin, je le vis sortir de l'épicerie avec trois paquets de Malbak à la main.

« Hééé, Giiino ! ça fait plaisir de te voir ! Alors, tu t'es remis à fumer ?

– Ouais fait chier, j'ai repris la clope. Tu sais, ça va pas très bien en ce moment.

– À quel niveau ?

– Niveau couple. C'est un peu long à expliquer. T'as qu'à passer au manoir un soir de la semaine, je suis seul en ce moment.

– Ah bon ? Et elles sont passées où les filles ?

– Anastasia et Lila ont pris des vacances à Kiev, en famille.
– Et t'es pas parti avec elles ?
– Non, trop de taf. Je me suis déjà beaucoup absenté cette année, dans le cadre d'une coopération scientifique avec le service balnéo de la clinique Borys à Kiev.
– T'es allé bosser en Ukraine ?
– Six ou sept fois cette année.
– Mais on est à peine au mois d'avril. Tu vas bientôt devenir ukrainien, mon Ginovski !
– Ta gueule, rognure d'étal.
– Ha !
– C'est pas drôle. Passe boire un coup tout à l'heure et je te raconterai. »

Le soir venu, j'étais chez Gino, assis à sa table de camping en formica, dans sa cuisine d'été inchangée, mis à part une bouteille de vodka posée entre nous deux. Je ne me fis pas prier, avec de la glace et des rondelles de citron, « davai » ! Mais mon ami n'avait pas vraiment l'âme à la fête. Il avait le visage abattu et le regard hagard.

« Ça a pas l'air d'aller, mon Ginovski. T'as pourtant l'air d'avoir la belle vie, non ?
– Ma relation avec Anastasia bat de l'aile.
– Pourquoi ? Elle se sent pas bien en France ? Elle te prend la tête ? Ou c'est sa fille qui te pose problème ?

– Non, aucun souci de ce côté-là. C'est moi qui déraille. Tu sais, mes fameux voyages en Ukraine…
– T'as une maîtresse ?
– Pas tout à fait.
– On y vient quand même ?
– Ouais… disons qu'avec Anastasia, la sexualité c'est assez compliqué. On baise jamais et elle m'envoie bouler dès que j'essaie d'aborder la chose. Elle est pas très tactile et pas vraiment tendre avec moi en général, au sens physique du terme. Elle m'a expliqué que c'était à cause de son éducation qui avait été dure, froide, et distante. Puis y'a son ex-mari qu'a été alcoolo et violent. Ça l'a rendue encore plus frigide.
– Niveau alcool, fais gaffe avec la vodka.
– Tu te paies ma tirelire ou quoi ? En plus, j'ai jamais été violent avec elle. Au contraire, je lui ai offert tout ce qu'elle désirait, idem pour sa fille, matériellement et affectivement. Je donnerais mon slibard pour ces deux nanas.
– En quoi est-ce que t'as merdé, alors ? C'est quoi cette histoire de voyages en Ukraine ? Je croyais que c'était pour le boulot ?
– Officiellement oui, c'est une collaboration médicale.
– Ça je sais, tu me l'as déjà expliqué. C'est la version officieuse qui m'intéresse.
– J'ai fait la connaissance d'un docteur en kiné qui s'appelle Sergei. On est devenus amis.

– Fais gaffe aux Slaves, Gino, je suis bien placé pour te dire ça.
– C'est un ami.
– Les Slaves deviennent rapidement des amis.
– Et les amis sont censés t'aider à ne pas faire de conneries, non ?
– Les Slaves t'empêcheront toujours de faire des conneries, si c'est sans eux.
– Détrompe-toi. Ma première connerie, je l'ai faite seul.
– Et de qui venait l'idée ?
– De Sergei.
– Accouche.
– Début janvier, dans une taverne de la vieille ville de Kiev, entre deux tournées de vodka, j'ai fait part de mes problèmes de couple à mon collègue. Il me chie que le sexe et la famille sont deux sphères distinctes, et qu'il faut les aborder séparément. Il ajoute que tout bon mâle ukrainien sait ça, de sorte que les hommes de là-bas fréquentent des clubs spécialisés tels que le *Palace Paradise*. « Ils veulent simplement préserver leurs familles de tout acte déraisonné dicté par un niveau trop élevé de testostérone. » Voilà ce que Sergei m'a expliqué.
– Ce que t'essaies de me dire, c'est que ton Sergei t'a conseillé d'aller au bordel… et que t'y es allé ?
– J'aime pas le terme de « bordel ». Là-bas, ils appellent ça des « maisons culturelles de plaisir. »
– Y'a bien des putains dans tes « maisons culturelles » ?
– J'aime pas non plus le terme de « putain ».

– Faut appeler un chat un chat.

– Eh ben non, je ne suis pas d'accord. Sergei m'a précisé que le *Palace Paradise* était un établissement cent pour cent clean et chic. Il a même ajouté que la santé, l'hygiène et la sécurité des filles constituaient une priorité absolue. Enfin il m'a garanti que les escorts étaient des indépendantes qui avaient librement choisi de gagner leur vie de la sorte. Il a avancé pour preuve qu'elles roulaient toutes en grosses cylindrées allemandes.

– C'est bien connu, la mafia ukrainienne ne s'occupe ni du trafic d'êtres humains, ni de celui des armes, des chiens, des voitures volées et de la drogue. Je crois qu'elle fait plutôt dans la publication de recueils de poèmes ces derniers temps.

– Fous-toi bien de ma gueule, Kalache. Mais t'y es pas allé !

– Toi si, alors raconte.

## 4

– La première fois, je m'y suis rendu seul, un début d'après-midi en semaine. J'étais au bout du rouleau et venais d'arriver devant la clinique en taxi. Je suis resté québlo en fixant le bâtiment triste et fissuré depuis l'intérieur de la voiture, sans pouvoir parler, sans pouvoir sortir. Le chauffeur m'a demandé si ça allait et je lui ai demandé s'il connaissait le *Palace Paradise*. Il a souri et m'a répondu que oui. « Alors conduisez-moi au

*Palace.* » que je lui ai balancé. « Excellente décision ! » m'a-t-il répondu en se bidonnant. Et c'était parti. Complètement dingue… Insensé, j'en conviens. Pour autant, j'étais déterminé, poussé en avant par une force inconnue et sans la moindre idée en tête.

– La testostérone comme t'a expliqué ton brave Sergei. Et pour la clinique, t'as fait comment ?

– Je les ai appelés pour dire que j'étais malade. Une intoxication alimentaire me clouait au lit et m'obligeait à courir aux chiottes toutes les cinq minutes. Ils ont rigolé comme des cornichons et m'ont rassuré : « Aucun problème Docteur, reposez-vous bien et bon courage. »

– T'es devenu un vrai truand, ma parole !

– Zone industrielle en périphérie de Kiev, je sors du taxi et me voilà nez à nez avec un château fort. Pas un vrai en bois ou en pierre comme au Moyen-Âge, mais plutôt une imitation moderne et kitsch.

– Genre parc d'attractions ?

– C'est ça. Au-dessus de la grande porte centrale, une enseigne multicolore clignotait en affichant le nom des lieux : *Palace Paradise*. Je tremblais de tout mon corps et mes jambes me soutenaient à peine, une sorte de fièvre hallucinée me brûlait le crâne et me faisait suer à grosses gouttes. J'étais terrifié. Une quinzaine de grosses cylindrées étaient garées sur le parking. Appartenaient-elles aux filles, aux macs ou aux clients ? J'en savais que tchi.

– Je croyais qu'il n'y avait pas de macs dans ton bordel.

– Sur le coup j'en ai douté. J'ai conclu qu'il s'agissait vraisemblablement des trois à la fois. Je continue ?
– Évidemment !
– Comme j'étais trop stressé pour y aller franco, je me suis grillé une clope en espérant que la pression redescende. Là, un 4x4 Merco débarque tout rutilant et s'arrête devant l'entrée. Je tire une bouffée en scrutant l'intérieur. Un gamin d'une vingtaine d'années à peine discute avec une blondinette sans doute du même âge que lui. Ils s'embrassent comme un joli petit couple puis la fille sort de la voiture et se dirige vers la porte du château. Plateforme shoes de vingt centimètres, mini-jupe noire avec un quart des fesses qui déborde, brassière blanche au-dessus d'un petit ventre tonique, tatouages et maquillage à outrance. Le temps d'un éclair, elle s'est engouffrée dans le château et le type est reparti. J'étais sur le cul ! Le mec sort avec une prostituée, la dépose au bordel comme s'il s'agissait d'une boulangerie, l'embrasse amoureusement comme si elle n'appartenait qu'à lui, et l'abandonne en toute sérénité comme si elle allait vendre des petits pains. Tu te rends compte du délire, Kalache ?
– Je connais plein de gens qui vivent avec des putes, sauf qu'ils le savent pas.
– Elles non plus d'ailleurs.
– C'est pas ce genre de putes dont tu parles ?
– Non, moi je te parle de vraies de vraies.
– Au sens propre ou au sens sale ?

– 'fais chier la bite, avec tes conneries je sais plus où j'en étais… Ah ouais, donc poussé par cette force incontrôlable dont je te parlais, j'ai marché jusqu'à l'énorme porte en bois qui faisait office d'entrée. Puis j'ai sonné tout en me décomposant, tandis que le battant s'ouvrait automatiquement. Dans le hall d'accueil, je croyais m'être trompé d'endroit : une grande salle feutrée, chic et sobre telle une banque suisse. Une dame de la soixantaine se tenait debout derrière un immense comptoir en marbre, vêtue d'un costume trois pièces noir et blanc. Elle comptait des billets de banque. Lorsqu'elle a remarqué ma présence, elle s'est arrêtée en attendant que je m'approche. Et vu que je tremblais comme une feuille de PQ sous un sèche-main, la meuf a tout de suite pigé que j'étais étranger. « First time ? » m'a-t-elle lancé. « Yes » que je lui ai dit. « So 1900 hryvnia », soit l'équivalent de soixante-dix euros. Alors j'ai payé, la vieille a frappé trois fois sur une sonnette de comptoir en métal doré, puis elle est retournée à ses calculs financiers. Je n'ai guère attendu plus de deux minutes avant qu'une porte ne s'ouvre et qu'apparaisse la plus sublime des créatures créées par Dieu sur Terre. Une grande brune à la peau mate et aux yeux verts, mince et galbée comme une antilope, avec de tout petits seins pointés vers les cieux, quelques tatouages floraux sobres et girly, et une petite culotte noire à dentelle en guise de vêture. Elle s'est approchée de moi, m'a souri et m'a fait une bise lente et appuyée : « my name is

Alexia ». « Ha ! My name is Gino » que je lui ai répondu. On a échangé quelques banalités en anglais puis elle m'a donné des claquettes à ma taille, un peignoir blanc et une clé bracelet. Je l'ai suivie dans ce que j'appellerais le premier tiers du *Paradise* : un immense vestiaire tamisé, cosy et luxueux. Rien à voir avec les vestiaires de piscine. La grande classe ! Alexia m'a attendu le temps que je balance tous mes effets personnels dans un casier, que j'enfile ma combi de sauna et que je prenne une douche dans la première salle d'eau venue, une pièce immense, design et de style japonisant. Pendant que je me lavais, je voyais déjà apparaître et disparaître des petits culs dans le couloir et j'en étais tout émoustillé.

– Et Anastasia, ça l'a émoustillée quand tu lui as raconté ?

– T'es con ou quoi ? Y'a que Dédé, Sergei et toi qu'êtes au courant. Répète ça à personne, espèce de boule à merde !

– Ha !

– Arrête tes crétineries, Kalache ! J'ai ta parole oui ou merde ?

– Tu l'as, vas-y continue.

## 5

– Alexia m'a fait visiter le complexe en me traînant par la main comme un garçonnet, direction le sous-sol, au deuxième tiers du *Paradise* : un espace relaxation de cinq cents mètres carrés. Ambiance sombre, murs en pierre brute plate et grise, saunas en veux-tu en voilà, jacuzzi, hammams, salles d'eau, piscine intérieure, chambre obscure avec plumards en cuir histoire de roupiller, salles de massage, serviettes propres à volonté… Bref, je te passe les autres détails.

– Je t'en prie Gino, abrège les descriptions, ça fait chier tout le monde et ça sert à rien.

– D'accord, je vais accélérer. Mais je veux juste que tu saches pourquoi le complexe s'appelait le *Palace Paradise*.

– On a bien compris.

– C'était propre et ça brillait dans le moindre recoin. Pas un poil d'oignon qui traînait. Y'avait trois employés qui briquaient l'espace détente en permanence. Je te jure, tu pouvais bouffer par terre. En revanche, pas la moindre fille. J'ai interrogé Alexia sur ce point et elle m'a répondu qu'elles n'avaient pas le droit de venir dans cet espace, de sorte que les hommes aient un lieu où se reposer. J'ai trouvé ça plutôt incongru.

– Tout ce que tu me racontes est incongru, Gino.

– Et ce n'est qu'un début. Nous voilà partis dans le troisième et dernier tiers, au rez-de-chaussée cette fois : l'espace lounge. Encore un open space de cinq cents mètres carrés avec une multitude de petits salons délimités par des rideaux semi-occultants, derrière lesquels on devinait des silhouettes féminines onduler telles des ombres chinoises. Tout y était gratuit hormis les filles. Je te livre quelques détails pour que tu t'imagines un peu mieux la scène : un grand bar circulaire au centre de l'open space, un coin cafète au fond de la salle, quatre barres de pole dance après lesquelles s'enlaçaient des go-go danceuses en string aussi souples que des couleuvres, une longue baie vitrée donnant sur un jardin zen avec fontaines, cascades et transats. Et surtout, des PUTES PARTOUT, à poil, en string ou en shorty ! Je sais pas… Cinquante ou peut-être même soixante. Des merveilles indescriptibles, livrées en pâture à une quinzaine de vieux mâles bedonnants comme toi.

– Je suis ni vieux ni bedonnant, espèce de rat crevé ! Sinon je constate que tu dis « pute » maintenant ?

– Appelons un chat un chat.

– Quel âge avaient tes putes, alors ?

– Deux trois cougars de la cinquantaine et une belle grosse vache de la quarantaine, pour ceux qu'ont des goûts spéciaux. Autrement y'avait que des poupées de vingt-cinq ans à peine. Ou peut-être moins.

– Et tu n'éprouves aucun remords ?

– Aucun.

– Continue ton ignominie, je t'en prie.

– Alexia m'a enfin lâché, après m'avoir à nouveau fait une longue et tendre bise : « Maybe later, honey… » « Promess you. » lui ai-je répondu, totalement sous le charme. Alors on s'est séparés et j'ai été prendre un café au bar, histoire de me détendre et d'enchaîner sèche sur

sèche en reluquant les dizaines de petits culs qui défilaient sous mes yeux. Puis j'ai remarqué la présence d'un escalier en colimaçon qui menait à un mystérieux premier étage. Intrigué, j'ai monté les marches quatre à quatre et me suis retrouvé dans un long couloir étriqué, avec des portes de chambres à la chaîne. Et ça jouissait outrageusement fort, de partout à la fois, et avec beaucoup d'exagération. J'ai traversé le corridor excité comme un satyre.
– Keski t'a pris ?
– Je sais pas, une curiosité perverse. Arrivé à l'angle du fond, j'ai vu surgir une grande blonde indécemment sexy, la vraie bimbo aux seins siliconés et aux lèvres botoxées, bronzée telle une dune de sable et huilée façon churros. Je n'ai pas pu me contenir et je lui ai lancé cash, à la Gainsbarre : « I want to fuck you ! » Trente minutes plus tard, l'affaire était pliée, j'étais allongé dans une des fameuses chambres du corridor, sur un lit king-size bardé d'une serviette, une goutte de sperme au bout du gland. La grande blonde était appuyée à la fenêtre. Le regard vide, elle rêvait sûrement d'un ailleurs qui pouvait se trouver là au loin, quelque part entre la crête des collines et les nuages.
– Quel poète, ce Gino ! Et ça t'a coûté combien ?
– 1400 hryvnia, soit cinquante euros la demi-heure. Pour ce prix, j'ai eu droit à la totale : baisers avec la langue, pipe sans capote, 69 et l'intégralité des positions du kamasutra.

– Les pauvres…

## 6

– C'est la prestation de base, une figure imposée si tu préfères.
– Je préfère que dalle. « Imposée » par contre, ça je te l'accorde.
– Ta morale de fausse vierge effarouchée, tu peux te la carrer où tu sais, Kalache. Me la fais pas à moi !
– Fais pas gaffe, continue.
– Après avoir tiré mon premier coup, j'ai zoné : douche, kawa, clope, sauna, cafétéria, salle de pionce, etc. Les heures ont rapidement défilé, puis j'ai recroisé Alexia et on a longtemps bavardé, accoudés au zinc. J'étais complètement hypnotisé par ses grands yeux d'émeraude, la gentillesse et la joie qu'elle dégageait. Quelle jeunesse ! Du coup je lui ai payé une bouteille de champ'.
– C'est elle qui te l'a demandé ? Tu sais qu'elle touche une commission pour ça ?
– Que dalle ! Elle a rien demandé et elle a quasiment rien bu. Son petit estomac ne tolérait pas les bulles. Elle touillait sans arrêt son verre avec une petite cuillère afin d'en chasser l'air.
– Le côté obscur de l'anorexie.
– Sans doute. En tout cas la bouteille de champ' coûtait wallou. 1400 hrvynia, ça fait cinquante balles.

– Une boutanche égale une putain, ça se tient.
– C'est correct en tout cas. Donc on a torché notre bouteille au bar, puis on s'est affalés sur un canapé si profond qu'on y avait les jambes allongées. Alexia était appuyée sur le dossier et moi sur elle. Durant plus d'une heure on est restés là, immobiles, elle me caressant le torse et moi la tête posée sur son giron. Pas de mot, pas d'autre client, pas de question d'argent, juste un moment de tendresse réciproque, et quelques baisers posés sur mon front, de temps à autre.
– Elle essayait de te fidéliser.
– Je crois pas, c'est pas ce que j'ai ressenti en tout cas.
– Ouairf'…
– J'ai fini par m'endormir sur elle et à mon réveil, j'ai vu qu'il était grand temps de décaniller.
– Ça devient vraiment intéressant, ton histoire.
– Alexia m'a langoureusement galoché puis elle m'a suivi dans les vestiaires, dans le hall d'entrée, et même jusqu'à la grosse lourde en bois. « See you soon ! » m'a-t-elle lancé avant que je ne referme la portière du taxi. Je lui ai répété la même phrase en anglais et c'était fini. Dans l'avion, en revenant de Kiev, je ne pensais qu'à elle. Ses grands yeux verts et son sourire d'ange n'allaient plus laisser de repos à mon esprit. J'étais amoureux et par conséquent triste comme un bâton merdeux. Je ne pensais qu'à une seule chose : la revoir. C'est complètement con, je sais, mais la flèche de

Cupidon ne demande pas l'avis du cœur qu'elle décide de frapper.
– T'as beau faire de belles phrases lyriques, je crois surtout que t'as pété un boulon !
– C'est ce qui arrive quand on tombe amoureux, Kalache… Si ça peut te rassurer, j'avais aucun plan en tête. Je comptais ni la sortir de son bordel ni refaire ma vie avec. J'étais parfaitement conscient que son boulot consistait à s'occuper des hommes, de leurs besoins sexuels et de leurs manques affectifs. Je ne croyais pas en une passion réciproque. Mon esprit souffrait en silence, solitaire et désespéré, pleurant au plus profond de mes entrailles des larmes invisibles et cachées.
– Arrête les violons, Gino. Si j'ai bien compris, tu te rends tous les quinze jours à Kiev pour l'amour d'une putain ?
– C'est ça.
– C'est que ça, ouais !
– Dans les premiers temps, j'allais avec d'autres filles mais je voyais bien qu'Alexia m'attendait et qu'elle ne prenait aucun client quand j'étais là. En toute logique, notre relation s'est intensifiée. Plus de sexe et de figures imposées, on faisait l'amour avec sincérité, de manière entière et fusionnelle. Elle était en transe et ne simulait pas, son petit corps de moineau tremblait de spasmes incontrôlés. Lors de ses orgasmes, elle suait abondamment et dégageait cette odeur du désir propre à la femme. Avec elle, jamais eu besoin de lubrifiant, elle mouillait à la seconde même où l'on s'enlaçait et me

fixait du regard d'un air passionné. Après nos ébats, elle s'endormait sur moi en me serrant dans ses bras.
– Ouah, là je crois que je t'ai complètement perdu, mon Gino.
– À son réveil, elle me caressait la poitrine et m'embrassait tendrement, sérieuse et triste à la fois. Mais on finissait toujours par s'amuser comme deux gamins : batailles de polochons, courses-poursuites endiablées, attaques de chatouilles hilarantes. Et nos jeux se concluaient par des étreintes fiévreuses et des baisers passionnés. On passait régulièrement plus de deux heures dans la chambrée, on faisait l'amour plusieurs fois, toujours à sa demande, et je ne déboursais pas le moindre hryvnia.
– T'oublies les 1400 de départ.
– À partir de là, j'ai sombré corps perdu dans l'état amoureux et mes sorties au *Paradise* étaient entièrement consacrées à mon Alexia. Elle voulait savoir à l'avance le jour et l'heure de mes visites afin d'être bien présente au club, de s'être fait belle et de ne prendre aucun autre client dans la journée.
– Ça a duré combien de temps ton délire ?
– Six mois environ, jusqu'au mois dernier.

## 7

– T'as eu de la chance de pas t'être fait lyncher par les hommes de main du patron, à l'arrière du complexe, entre deux poubelles. À sa place en tout cas, c'est ce que j'aurais fait.

– Je l'ai vu qu'une seule fois, le grand patron. Pas commode en effet. Une armoire à glace en jogging rayé avec la coupe en brosse. Il est arrivé comme une balle en direction du sauna où je me prélassais, j'ai même cru qu'il allait défoncer la porte. Tel un fou furieux, il a bondi à l'intérieur et m'a vu. Alors il s'est arrêté net et m'a souri : « Everything's all right, mister ? » « Yes, it's perfect » que je lui ai répondu tout penaud. Le gros m'a serré la pogne et m'a collé une tape dans le dos : « Enjoy my friend ! » Et il est reparti en chasse.

– C'est après une fille qu'il en avait. La pauvre a dû morfler.

– J'ai pensé la même chose, alors je suis sorti du sauna et j'ai couru au rez-de-chaussée, très inquiet pour Alexia. Mais ma belle était au bar, paisible et rayonnante, en train de rire et de papoter avec ses copines roumaines. J'ai été rassuré.

– J'aimerais bien savoir comment s'est terminée ta romance. Tu t'es fait gauler par Anastasia ?

– C'est vrai qu'on s'était beaucoup éloignés, sans compter mes voyages en Ukraine. Mais ça restait ma femme, elle vivait sous mon toit et on formait une famille tout ce qu'il y a de plus tranquille et sans histoire. Anastasia était une mère et une épouse en or, si tu mets nos problèmes de cul de côté. De plus, elle travaillait sans relâche, comme une esclave, alternant les

rendez-vous au cabinet du manoir et la poursuite de ses études à Besançon.
– Elle avait pas fini ses études ?
– Si, mais elle achevait sa thèse pour décrocher une chaire universitaire. Du coup, on ne se voyait quasiment plus.
– Elle avait peut-être un amant ?
– Rien à cirer. J'étais trop amoureux d'Alexia pour être jaloux et suspicieux d'un éventuel adultère, qui m'aurait plutôt arrangé en fin de compte.
– Ça t'aurait déculpabilisé ?
– Entre autres.
– Vas-y Gino, accouche la fin de ton histoire.
– Y'a un mois environ, Alexia me demande si j'ai une famille, une femme et des enfants. Tandis qu'elle regarde le plancher de la chambre, à la fois mélancolique et résignée, je lui balance la vérité. Alors elle relève la tête en souriant : « C'est normal pour un homme comme toi. C'est même bien, je suis sûre que tu dois être un mari et un père formidable. Ta femme et ta fille ont beaucoup de chance. » Je l'ai serrée fort dans mes bras et elle m'a fiévreusement embrassé en confessant : « tu sais, t'as été mon premier client, je n'avais jamais fait ça avant. »
– Elle avait pas vingt-cinq ans, ta gamine, dix-huit, vingt tout au plus !
– C'est ce que j'ai réalisé. Je te passe tous les détails de sa vie, qu'elle m'a racontée en long, en large et en

travers. Cela dit, ses révélations n'ont en rien affaibli mes sentiments pour elle. Au contraire, je l'en aimais davantage, tout en réalisant que nos deux vies étaient totalement incompatibles, et que ni elle ni moi n'avions la force et le pouvoir d'y changer quelque chose.

– Elle ne semblait pas l'ignorer.

– Ouais mais contre toute logique, elle continuait à rêver… de jours meilleurs en ma compagnie.

– Ou bien elle se foutait de ta gueule et te manipulait. Un client régulier, gentil, généreux, tendre et dénué de perversion sexuelle, ça se trouve pas sous les sabots d'un cheval.

– Ce que je vais te raconter maintenant va te faire changer d'avis. La jeunesse, l'inexpérience et la candeur d'Alexia ont rapidement construit dans mon esprit l'image d'un ange de lumière, un idéal de pureté et de perfection, une sorte de vierge immaculée. Une hérésie pour moi d'imaginer qu'un petit cul pareil puisse encore accueillir mon cierge.

– Oh là, du calme mon Gino !

– J'étais tellement amoureux de cette putain que j'avais même plus envie de la souiller de mes désirs foutraques. Il me suffisait de la serrer dans mes bras, de coller mes lèvres aux siennes afin de ne plus faire qu'un, et de boire tout l'amour qui coulait de ses deux grands carreaux à chaque fois qu'elle me regardait. Voilà qui suffisait à me transporter au firmament. L'excitation sexuelle masculine porte en elle un instinct de violence,

un aspect ravageur et vicieux que je souhaitais lui épargner. Je n'étais pour ainsi dire plus du tout excité par elle, j'étais juste amoureux.
– Amoureux d'une putain !
– C'est bon Kalache, tu l'as assez répété. L'amour est aveugle.
– Et le désir sexuel est une flamme que l'on n'éteint pas !
– Comme je viens de te l'expliquer, je ne voulais plus qu'Alexia s'y brûle les ailes, comme un beau papillon de nuit sur une saloperie de lampe halogène poussiéreuse. En outre, je suis convaincu que les défauts physiques et moraux des femmes nous excitent davantage que la perfection.
– Je crois plutôt que t'as cherché des excuses pour échapper à tes tendances pédophiles.
– N'importe quoi, Alexia avait beau être jeune, elle n'en demeurait pas moins femme.
– Une femme qui cherche l'attention et la protection d'une figure paternaliste.
– Et alors ?
– Un père et sa fille, avec des relations incestueuses.
– Quoi ?
– Symboliquement, c'est un peu la réalité…
– Symboliquement réel ? Une vraie foutaise, oui ! Je suis majeur, elle est majeure et nous n'avons aucun lien de parenté. Alors où est-ce que tu vois l'inceste, espèce de

teubé ? Au niveau symbolique ? Va dire ça aux flics et ils vont bien se marrer.

– Va dire à ta femme que tu bourres des putes de dix-huit ans et on va bien se marrer aussi !

– En attendant, ça fait longtemps qu'avec ma femme je ne bourre plus. Cette obsédée du Vidal passe son temps à trimer et ne veut même plus que je la touche. Avec Alexia, c'était tout autre chose : trop de sentiments. Le problème venait de moi cette fois.

– Putain mais ça va où ton histoire ?

– J'ai pris la seule issue possible et imaginable : ne plus me gêner. Les filles me les broutaient déjà suffisamment chez moi pour que je me prenne le chou au bordel. Une putain n'allait quand même pas être jalouse parce que je me tapais une autre putain ? Voilà ce que j'ai cru, et bien j'avais tort.

– Les putains sont des êtres humains, pas des machines à baise.

## 8

– Ouais, mais rares sont les putains comme Alexia. À mon avant-dernière virée au *Paradise*, j'ai décidé de lui lâcher un peu la grappe et de me rabattre sur la première bombe atomique venue. J'ai trouvé mon bonheur avec une latina d'origine colombienne ou vénézuélienne, je sais plus. Je me rappelle en revanche

qu'elle se nommait Monica et qu'elle était murgée comme un goret, enfin, qu'elle tenait plus debout quoi.
– Elle était bonne ?
– À réveiller un mort. Un boule énorme, des pécos monstrueux, des lèvres prêtes à éclater sous la pression, et le restant taillé aux canules à liposuccion.
– J'ai pigé, abrège.
– Je la fixe du regard et la bombasse comprend tout de suite où je veux en venir. En s'approchant de moi, elle se mange une gamelle. Alors je l'aide à ramasser sa viande et elle me lance : « Just wanna fuck, don't make me drink. » Elle m'explique qu'elle a passé tout l'après-midi avec un vioc dont les deux seuls plaisirs consistent à picoler en charmante compagnie et à promener ses mains sous la table. D'ailleurs, elle m'avoue que la majorité des clients sont comme lui, incapables de bander, tout juste bons à raconter leur vie en buvant du champ' et à peloter en loucedé. Quant à elle, c'était pas sa vision du boulot. Elle aimait bourrer.
– Ouah !
– « Ça tombe bien ! » que je lui fais, « c'est tout ce que je te demande. » On est partis en chambre et elle s'est à nouveau bûchée, une fois dans les escaliers, une autre fois dans le corridor, et une dernière fois dans la piaule. Ça m'a pas empêché de lui sauter dessus, de lui bouffer les nichons, puis de lui mettre la main au panier. Mais là, j'ai constaté qu'il s'agissait d'un trans.
– C'est un cauchemar ton histoire.

– Hé ben figure-toi que non. Je ne sais ni pourquoi ni comment, mais ça m'a rendu fou d'excitation. On a passé trois quarts d'heure à se pomper le dard et à s'enfiler mutuellement. Je n'avais jamais pris un pied pareil.
– Écoute-moi bien, Gino, là tu viens de me faire perdre la moitié de mes lecteurs.
– Tu sous-entends que je suis homo, sacré nom du foutre de Dieu ! C'était sur le coup, je sais pas ce qui m'a pris.
– Faut quand même être un peu homo pour aimer se faire taper dedans.
– Détrompe-toi, faut juste être un peu ouvert.
– Ha ! Je crois bien que t'as raison, c'est sans doute ça mon problème.
– Je peux continuer ?
– Ouais, mais essaie d'être un peu plus soft s'il te plaît.
– Après mon orgie, je suis retourné bien peinard au bar et me suis commandé un kawa. Soudain j'ai vu surgir Alexia se ruant sur moi telle une furie. Elle cramponnait son petit sac à main rose, où elle avait coutume de ranger son portable, ses clopes et son maquillage. Elle s'est mise à me friter avec en hurlant tout un tas de saloperies en roumain. Toutes les autres filles riaient à gorges déployées.
– Kesta fait ?

– Ben j'ai détalé. Que voulais-tu que je fasse ? Elle m'humiliait en public et continuait à me cogner dans le dos tout le temps que je battais en retraite.
– Je pense que c'est plutôt elle qui s'est humiliée.
– Au final, j'ai bien peur que t'aies raison. Je suis revenu au *Paradise* quinze jours plus tard pour tenter de me réconcilier avec elle, mais plus aucune trace de mon ange de lumière. Je suis allé voir sa meilleure copine et lui ai demandé des explications : « autre ville, autre club. » m'a-t-elle froidement rétorqué.
– Tu veux que je te dise, Gino ? À cause de tes conneries, la gamine a pris la raclée de sa vie.
– Puis tu crois qu'on l'a transférée dans un autre bordel ?
– Sûr, elle y est même sous très haute surveillance.
– C'est aussi ce que je me suis dit. Fait chier.
– C'est injuste et dégueulasse, Gino.
– C'est pourtant bien la réalité, Kalache.
– Pour sûr, c'est même à ça que je la reconnais. »

Les reflets de l'eau
Ne sont que de l'eau
Les frissons de l'eau
Ne sont que nos vues
Sommes de l'eau dans l'eau
Stagnante à changer
Pris de mouvements inconnus.

# DONOVAN

## 1

Un soir de taf au Jet, Gilles me mit au parfum :

« Putain, j'ai mal au cul, je peux plus m'asseoir…

– Kesta foutu ?

– Ben je suis en cure, déca susta, ça se voit pas ? J'ai pris dix kilos en deux mois. Et que du sec. »

On était en train de faire le tour de la boîte avant l'ouverture. Vu que je faisais ce boulot depuis peu, il me briffa encore une fois… puis la conversation tourna rapidement à la fonte, comme chez la plupart des videurs.

« Je suis à cent dix kilos secs, et je soulève cent quatre-vingts kilos au développé couché. »

Ce fabuleux score m'interpella. Gilles enchaîna :

« Je suis sûr que si tu prenais des stéros, Kalache, tu serais un véritable monstre. Massif comme t'es déjà, j'ose même pas imaginer le résultat !
– T'as sans doute raison, Gilles. Le problème c'est que j'y connais que dalle. Je saurais même pas où en trouver.
– Passe à la maison lundi à dix-huit heures, avec deux cents balles en poche. Je te préparerai un stack et t'expliquerai la totale. »

Putain, j'étais heureux ! Mais je flippais ma race en même temps. On m'avait tellement foutu les boules avec les effets secondaires : dégradation du foie, arrêt de la fonction rénale, impuissance irréversible, crise cardiaque, tumeurs, etc.

« En inj' ou en comprimés ? que je lui demandai.
– Injections. L'oral c'est de la merde. T'as peu de résultats et ça tient pas dans le temps. Tu prends surtout de la flotte, du gras, et bonjour les effets secondaires. Tu te bousilles à coup sûr le foie et les reins. Avec les inj', la prise de masse est garantie et les risques sont limités.
– OK Gilles, je te fais confiance. »

## 2

Le lundi suivant, à dix-huit heures pile, je taquinai l'interphone de son immeuble.

« Ouais, c'est Kalache.
– Monte au premier. Porte 5. Sonne pas et attends-moi devant la porte. Je termine avec un client, j'en ai pour dix minutes.
– OK. »

La porte du hall s'ouvrit et je montai fébrilement. Dans le couloir, un type attendait devant la porte 5, appuyé contre le mur. Un gars normal, pas particulièrement balèze, grand et brun, avec une bonne bouille sympa. Quand il me vit, il comprit tout de suite la raison de ma venue et il m'adressa un grand sourire amical.

« Salut, je m'appelle Seb.
– Salut Seb. Moi c'est Kalache. T'es venu pour la même chose que moi ?
– Évidemment. Oral ou intramusculaire ?
– Intra.
– T'as bien raison. Les cachetons c'est de la merde et les résultats sont zéro. Puis avec Gilles, t'as pas d'inquiétude à avoir. Le matos est sûr. »

La porte s'entrouvrit et la grosse gueule de mérou patibulaire de Gilles fit irruption. Il fit signe à Seb de rentrer puis referma la porte derrière lui, sans même m'adresser un regard. Dix minutes plus tard, Seb carguait la voile avec son matos en poche, l'air ravi. Gilles me fit entrer à mon tour.

« Faut faire discret, y'a mes parents.
– Quoi ? Tu vis avec tes vieux ?
– Ouais. Je mets un max de blé de côté. Tant que je suis célibataire. C'est l'aubaine. D'ici peu je vais pouvoir m'acheter une Audi TT. »

Dans le salon, le daron jouait au poker avec ses potes, la fumée des cigares avait envahi la pièce. Quant à la mère, je sais pas… On s'engouffra dans un petit couloir et Gilles disparut dans une chambre, sans doute la sienne. Une poignée de secondes plus tard, il en ressortit les mains pleines.

« Tiens, voilà une fiole de testo et une autre de boldo. Tu te piques 1mL de testo dans le cul le lundi et 1mL de boldo le vendredi.
– Et les seringues, je les trouve où ?
– Ben en pharmacie ! Tu demandes deux boîtes de 10 seringues intramusculaires de 2 ou de 5mL, en fonction de ce qu'ils ont. Si tu veux, je te fais ta première injection maintenant, pour te montrer.
– C'est pas de refus. »

Il me fit rentrer dans sa chambre et me demanda de baisser mon futal. Puis il désinfecta le haut de ma fesse droite avec du coton imbibé d'alcool et me planta la shooteuse dans le derche.

« Tu sens bien le muscle, là ?
– Ouais.

– Ben c'est là qu'il faut que tu piques. Par contre, n'oublie pas de désinfecter la zone avec de l'alcool à quatre-vingt-dix degrés.
– C'est normal qu'il y ait une tête de pit-bull sur une fiole et un kangourou sur l'autre ?
– C'est des prods qui viennent du Mexique. Ils sont utilisés pour les chiens de combat. »

Le lendemain, je compris pourquoi ces anabos étaient utilisés pour les clébards. Mal filtrés, ils faisaient tellement mal au cul que je fus obligé de m'asseoir sur la fesse gauche durant trois jours. Au bout d'un mois de cure, mon ex-femme me vit torse nu et s'écria :

« Putain ! Kesta foutu ? Ton dos et tes trapèzes ont triplé de volume ?
– Ah ça ? C'est le programme d'entraînement bulgare que je fais avec Gilles. C'est raide mais ça marche du tonnerre.
– Je vois ça ! »

Après ça, elle tilta plus jamais. Comme elle me voyait tous les jours, la transformation était moins flagrante. En revanche, ceux qui ne m'avaient pas vu depuis des mois hallucinaient : « La vache ! Tu t'es fait attaqué par une ruche d'abeilles ou quoi ? »

## 3

C'était parti pour huit années de défonce. Quand on entre dans la peau d'un surhomme, à ses yeux et aux yeux des autres, c'est très compliqué de redevenir un gars normal. Au départ, on fait une cure par an, puis deux, une pour la masse et une pour la sèche. Enfin on enchaîne les cycles sans relâche : susta, déca, testos, boldo, winy, primo et ma préférée, la trenbo. On se prépare des cocktails explosifs et le côté obscur de la force fait surface. Déjà pour aller chercher les seringues en pharma, c'est un vrai calvaire.

« Bonjour m'dame. Je voudrais deux boîtes de seringues intramusculaires de 5mL.
– Oui, c'est pour quel usage ?
– Pour pas les acheter sur le net et me choper le sida. »

Seule réponse valable trouvée… Le visage dépité de la pharmacienne en dit long. Elle regarde sa collègue en soupirant et sa collègue hoche la tête en pinçant les lèvres. Elles ont bien compris, alors on a honte et on se sent comme un con, un drogué, un hors-la-loi, sans pour autant réaliser que c'est la vérité. En prime, il y a les fins de cure où l'on doit se gaver d'anti-oestrogènes, les fameux cachetons de Clomid. On doit aussi se faire trois ou quatre injections d'HCG, une hormone que l'on trouve à l'état naturel dans un tissu du placenta. Tout ça pour relancer sa production naturelle de testostérone et pas se retrouver avec des seins, de la graisse plein le bide, la bite totalement HS et des couilles microscopiques. Enfin il y a l'acné dans le dos, les abcès, les bouffées de chaleur et tout un tas d'autres saloperies qui ne sont rien comparées aux véritables risques encourus. Alors, vous voulez toujours avoir des bras énormes ?

4

Environ deux ans après les fioles pour chiens, Gilles arrêta net. Il quitta la boîte de nuit, stoppa les stéros et péta sa nouvelle TT. Il se mit à la boxe anglaise et devint sec comme un coup de trique. C'était à peine si on le reconnaissait. Son visage avait perdu dix ans.

Mais avec l'arrivée du net, les opportunités de commandes explosèrent. Je commandais mes cures dans les Balkans et les prods étaient de facture mafieuse, plutôt efficaces. De fil en aiguille de seringue, je dus également me mettre à commander du Kamagra pour bander.

Puis voilà qu'un jour, je rencontre Seb à la salle. Il était énorme, avec des trapèzes surdimensionnés et des bajoues de hamster, comme tous les amateurs d'anabos.

« Alors Seb ! Comment ça va depuis le temps ?
– Kalache ! Ça me fait plaisir de te voir ! Dis donc, t'as sacrément choppé !
– Je te retourne le compliment. T'es plein comme une andouillette de Troyes. Kestu fais maintenant ?
– J'ai ouvert un snack à Combeaufontaine. « Chez Seb » que ça s'appelle. C'est dans la rue principale.
– Ouais, de toute façon y'a qu'une rue à Combeau.

– Ben c'est celle-là. Si tu veux bouffer un bon burger, n'hésite pas à passer au restau, je te filerai une bouteille de rosé gratis. Sinon, tu te fournis où en ce moment ?
– Comment ça ?
– Tes prods, tu les pécho où ?
– Sur le net.
– Écoute, j'ai du super matos qui vient de Belgique, une marque hyper rare avec un hologramme de certification et un code de fabrication que tu peux vérifier sur le site du labo.
– Ça m'intéresse.
– Je te file mon tél, tu m'envoies par texto ce dont t'as besoin et je te donne les tarifs. Si t'es OK, tu viens chercher la marchandise à Combeau.
– « Chez Seb » ?
– Ouais, au restau quoi. »

Et ça se passa comme ça durant cinq ans. Je passais commande par texto, je roulais jusqu'à Combeau, j'entrais dans le fast-food et je faisais la queue parmi les clients ordinaires. Quand mon tour arrivait, mon ami farfouillait dans le frigo et en sortait un petit sachet. Je lui filais les ronds et repartais à la maison avec mon matos. Il m'offrait souvent une binouze pour attendre.

Au bout de deux ans, Seb arrêta de faire des cures, il prit vingt kilos de gras et perdit presque autant de muscles. Malgré ça, le business continua de filer bon train.

« Finies les conneries. Je me bousillerai plus la santé pour avoir des bras de cinquante centimètres de diamètre. J'ai mis plus d'un an à rebander normalement, un pote est mort d'une crise cardiaque et un autre s'en est tiré avec de graves séquelles. Et y'a aussi deux gros du côté de Lure qu'ont les reins tellement niqués qu'ils doivent se rendre tous les jours en centre de dialyse. Je pense que le jeu en vaut pas la chandelle.
– Je suis persuadé que t'as raison Seb, mais je vais continuer quand même. »

Trois années encore à passer tous les trois mois « Chez Seb », histoire de refaire mon stock. Il me fallait toujours au minimum une cure d'avance, en plus de celle qui était en cours. Je revenais toujours au même endroit, en véritable addict, me réapprovisionner dans le frigo magique de Combeaufontaine. Au bout du compte, les fameux stéros de Belgique ne valaient pas mieux que ceux des Balkans. Guère plus de cinquante pour cent de produit actif par rapport à la quantité indiquée. De toute façon, tous les stéros que l'on trouve sur le marché français sont fabriqués par le monde du crime organisé. Celui-ci sait parfaitement bien imiter le packaging des véritables marques de labo, sauf qu'il coupe sa came avec de la merde. En réalité, on ne sait même pas ce que l'on s'injecte. La plupart des anabos sont élaborés en Asie ou dans les Balkans, dans des ateliers clandestins certainement peu regardants des normes d'hygiène et de sécurité. Mais ça fonctionne quand même, à condition de doubler voire de tripler les doses.

5

Seb s'était refait une hygiène de vie. Il trimait comme un cinglé dans son fast-food, s'occupait à temps plein de son fils Donovan, deux ans au compteur, et pratiquait assidûment la pêche et la marche à pied. Sinon, ni alcool ni cigarette. Presque une vie monacale en somme. Six mois avant qu'il n'arrête définitivement son business illicite, je remarquai que son morveux ne le quittait jamais d'une semelle. Il traînait en permanence dans le restau, jouant dans la salle au milieu des clients attablés, ou imitant son père derrière le comptoir au milieu des friteuses en ébullition et des couteaux de cuisine, et ce jusqu'aux heures très tardives de la fermeture. J'en touchai deux mots à Seb un soir après le service :

« Eh le gros, pourquoi que le petit Dono est toujours fourré dans tes basks ? Sa mère peut pas le garder quand tu bosses ?

– Ah t'es pas au courant ? On s'est séparés il y a six mois environ. Elle m'a plaqué comme un étron de caniveau pour se barrer avec une saloperie de racaille. Elle m'a laissé tout seul avec l'appart et le gosse.

Depuis, j'ai plus aucune nouvelle. Elle a abandonné son fils comme un chien.
– Eh ben putain, ça craint ! Le pauv' gosse… »

Du jour au lendemain, son ex réapparut telle une furie, réclamant la garde exclusive de Donovan. Entre temps, Seb avait retrouvé une nana qui l'aidait au restau et s'occupait bien du gamin. Ça lui enlevait une épine du pied, bien qu'il fût sans conteste un bon papa.

Mais avec le retour de la mère, les problèmes avec le mioche ne firent que s'aggraver. La daronne imposa une garde partagée provisoire, le temps que le verdict du jugement soit prononcé. Forcément, Seb avait beaucoup de mal à lui laisser son chérubin. Comme la morue s'était volatilisée six mois pour vivre sa romance avec une vieille raclure de chiotte, Seb ne digérait pas ce nouveau coup d'éclat. Toutefois, il savait que Donovan avait beaucoup souffert de la situation et que la réapparition miraculeuse de sa mère le rendait plus heureux. Alors il se fit à l'idée.

Dans la même période, les affaires secrètes de mon ami prirent du plomb dans l'aile. Son grossiste se fit coffrer en revenant de Belgique, la caisse pleine à craquer de centaines de fioles maudites. Il fut mis sous les verrous et Seb se retrouva à sec. Certainement par peur de la prison, ajoutée à celle du jugement sur la garde du gosse, mon ami cuistot mit définitivement fin au business d'anabos. Dans la foulée, je reçus ce texto :

*Fini, gros. J'en peux plus de bousiller la santé des autres. Je sais que je fais du mal autour de moi et j'ai pas la conscience tranquille. J'arrête le bizz.*

Ça tombait plutôt bien, je commençais à en avoir ras-le-bol des cures, de la peur de me faire serrer, de perdre mon boulot, et de remplir une boîte à sapin de cent-vingt kilos de muscles bons à gaver les vers. J'en avais également ras-le-derche de croiser tous les mois la gueule dépitée de la pharmacienne à chaque fois que j'allais chercher mes picouses. Enfin, je craignais de ne plus être capable de bander sans stéros et sans Kamagra. Plus d'anabos, plus de bite. À quoi ça sert d'être énorme et dur comme du bois si on a une petite quéquette toute molle ? La honte… et à trente ans à peine. Je pris la décision d'arrêter mes conneries aussi, ce qui ravit Seb. Il me proposa de venir faire de la marche avec lui, ou bien de la pêche, en fonction de mes envies. « Pourquoi pas… » lui répondis-je, en sachant pertinemment que ça ne se ferait jamais, puisque j'étais une véritable bille à la pêche et que je détestais la marche.

## 6

À quelques semaines du jugement, je reçus un nouveau texto de mon ami :

*Salut Kalache. J'aurais besoin de ton aide. Je suis dans la merde. Eske tu pourrais me rendre un petit service ? Je peux pas t'en dire plus. Passe à la maison quand tu peux dans la semaine. Genre entre 14 et 17h. Merci d'avance.*

Le mardi suivant, comme je bossais pas d'aprèm, je pris ma caisse et me rendis à Vaivre et Montoille, un petit village accolé à Vesoul. Seb avait fait l'acquisition d'une vieille bicoque qu'il avait entièrement retapée de ses propres mains. Par d'anciens réflexes de toxico paranoïaque, je me garai sur un parking public à cinq cents mètres de la baraque. Je lui envoyai un texto qui disait que j'étais là, et Seb m'attendit derrière le portillon de sa baraque, avec son éternel sourire de gentil géant. Ses kilos en trop ajoutaient de la sympathie à sa bonne bouille toute ronde de papa ours. On s'installa au bar de la cuisine et il ouvrit deux canettes. Je lui demandai sans détour :

« Alors Seb, c'est quoi le blème ?
– Putain Kalache, tu peux même pas imaginer. Je sais même pas par quel bout commencer.
– Commence par le début.
– OK. Tu sais que mon ex-connasse m'a plaqué pour se tirer avec un gros sac à merde et qu'elle a disparu en me laissant le gosse durant plus de six mois ?
– Oui, ça je sais.
– Tu sais également qu'elle est réapparue comme une fleur en exigeant la garde exclusive de Donovan ?

– Oui, je sais aussi, sauf que « fleur » n'est peut-être pas le terme adapté. Au fait, il est où le gniard ?
– Chez sa mère. Attends que je t'explique pourquoi.
– Parce que t'as accepté une garde partagée, non ?
– Ouais, mais ça a dégénéré. Y'a deux mois environ, mon ex et son mec ont commencé à nous espionner. Ma copine a plusieurs fois repéré la bagnole du lascar garée en loucedé à quelques pas de la maison, et d'autres à proximité du restau. Un soir vers vingt-et-une heures, elle revenait du Colruyt avec cinq kilos de frites parce qu'on était en rade. Elle est passée par hasard à côté de sa caisse et l'a surpris, capuche sur la tête, en train de shooter l'intérieur du fast-food, cet enculé !
– Ils veulent accumuler des preuves afin de démontrer que tu mets en danger le gamin. Photo 1 : Donovan qui joue derrière le comptoir au milieu des couteaux de cuisine, des fours allumés et des friteuses en ébullition. Photo 2 : Donovan endormi sur une banquette au milieu de clients à l'aspect douteux. Puis tout un tas d'autres clichés du même acabit. Je sais que t'y peux rien, Seb, et que tu peux pas faire autrement, mais ça craint pour le jugement.
– T'as tout compris. Le soir du Colruyt, je suis sorti pour le chopper, ce fils de pute, mais il s'est tiré dès qu'il m'a vu en faisant déraper les pneus sur le gravier.
– Bon, c'est quand même pas si grave. Tu peux justifier de la situation, d'autant plus que la mère a été aux abonnés absents la moitié d'une année.

– Ouais mais c'est pas fini. Y'a un mois environ, je suis allé chercher mon fils au jour et à l'heure convenus chez mon ex. Et ben j'arrive sous un porche voûté qui mène à une petite cour intérieure, rue Alsace-Lorraine. C'est assez sombre et y'a aucun éclairage sous le porche.
– Ouais, je connais. Y'en a plein des comme ça, rue Alsace-Lorraine.
– Je pénètre dans l'obscurité et là, voilà qu'un type me saute dessus par surprise et me colle une droite. J'ai à peine eu le temps de voir arriver sa gauche que je lui fonce tête baissée dans le bide. On se retrouve alors tous les deux par terre et je lui fais une clé à la gorge. Complètement asphyxié, le mec se relâche et j'en profite pour dégager mon bras droit et le bombarder de pains dans la gueule. Quand j'ai senti qu'il était inconscient, je me suis dégagé et l'ai traîné dans la cour à la lumière.
– Laisse-moi parier, c'était le mec de ton ex ?
– Pas très dur à deviner en même temps. J'ai donc été porter plainte au commissariat.
– Oh le con !
– Tu penses pas si bien dire. J'étais couvert de sang des pieds à la tête, et pas du mien, puis ma main droite avait triplé de volume. La plainte de l'autre connard est arrivée dans la nuit, depuis l'hôpital où il avait été admis pour mâchoire cassée. Il a dû boire à la paille durant des semaines.
– Ça aurait dû te ravir ?

– Ouais, sauf qu'en portant plainte contre lui, j'ai indirectement avoué la rixe. J'ai eu beau répéter une bonne cinquantaine de fois qu'il m'avait tendu un guet-apens, toutes les apparences étaient contre moi. De son côté, le lascar avait également affirmé que je l'avais agressé par surprise tandis qu'il rentrait bien pépère chez lui. Après, les flics ont pas tergiversé longtemps. L'autre se ramassait à la petite cuillère et moi je n'avais rien. L'affaire est passée en comparution immédiate et j'ai été condamné à payer huit mille euros de dommages et intérêts.
– La vache ! Si t'étais pas allé aux flics t'en serais pas là. Y'avait aucun témoin. T'aurais dit que t'étais peinard chez toi devant la téloche avec ta copine, celle-ci aurait confirmé l'alibi et ton mange-bouillie aurait eu sa paille dans le fion.
– Avec des si… En tout cas, c'est trop tard pour serrer les escalopes. L'affaire va salement peser sur le verdict du jugement. En plus du reste : les mensonges et les photos. J'ai peur de ne plus jamais revoir Donovan.
– Keske je peux faire pour toi, Seb ?
– Me torcher un paplard où tu certifies sur l'honneur, d'après ce que t'as vu durant les trois dernières années, que j'ai toujours été un bon père pour le gosse. Tourne ça comme tu veux, mais fais ça pour moi s'il te plaît. J'ai déjà une quinzaine de certificats de ce genre, mon avocate dit que si j'arrive à en

rassembler une cinquantaine, je pourrais peut-être m'en sortir avec une garde partagée.

– Et pour les huit mille euros, tu vas te démerder comment ?

– J'ouvre un nouveau snack du côté de Lure. C'est ma copine qui sera aux commandes.

– Alors c'est jouable. Remets-moi une canette et je te torche ton certif.

– T'as besoin de boire pour faire ça ?

– J'ai besoin de boire pour tout. Par ailleurs, je te rappelle que tu me demandes de faire une déclaration sur l'honneur qui va servir dans le cadre d'un tribunal de justice. Or même si le passé reste le passé… Tu sais bien… Faudrait pas qu'il remonte à la surface, ou tu pourras définitivement dire adieu à ton petit Dono… et moi je serai dans une merde noire.

– Le problème avec l'écriture, Kalache, c'est qu'on doit pas mentir.

– T'inquiète Seb, si j'accepte d'écrire de tels torchons, c'est justement parce qu'ils témoignent de la réalité. »

Sur le chemin bleu
De la vie humaine
D'étranges visions
Doucement nous emmènent
À travers le spectre lumineux
De nuages de nacre
Jusqu'aux vertes et calmes
Verticales
Qui nous contemplent.

## 1

La dernière matinée de séminaire se déroula plutôt bien. J'avais une gueule de bois carabinée, mais il me semblait que ça ne se voyait pas. Puis il y eut l'abominable fish paprikash où le doyen fit son show.

Rappelez-vous, on avait poliment décliné l'invitation délirante de Sekera et on s'était barrés à bord du maudit cabriolet japonais de Roman. Évidemment, j'avais picolé comme un sac et le temps de décuitage n'était pas prévu au programme.

« On est parti pour Novi Sad ?

– Pas encore, Kalache. Y'a Branko et Milana qui tiennent à te faire visiter le temple familial. »

On rejoignit les deux guides sur les plaines environnantes de Sombor. À l'arrivée, le décor était sublime : une toute petite église d'architecture byzantine en forme de croix grecque, avec une coupole somptueuse en son centre. L'intérieur était tout aussi ahurissant, avec ses innombrables peintures murales bigarrées, ses icônes enchanteresses et ses clés de voûte majestueuses.

Cependant, je souffrais. L'insoutenable chaleur des lieux me persécutait, aggravant de manière considérable ma migraine. Malgré tous mes efforts, je n'entendais rien aux explications éclairées de Branko et de Milana. Je les suivais en opinant du chef, impatient de décamper. La visite dura une éternité, durant laquelle j'endurai une transe hallucinatoire nauséeuse. Avec du recul, je réalise la chance et le privilège qui m'étaient donnés d'entrer dans un lieu si mystique et si secret. Je n'étais tout simplement pas en état de les apprécier.

## 2

Y'avait une heure et des brouettes à baver jusqu'à Novi Sad, sans compter le crochet par Sombor afin de récupérer les cendres de ce bon vieux Miladin, soit deux plombes à compter les étoiles.

J'eus à peine l'impression de fermer les yeux qu'un coup de coude dans la tronche me réveilla. Roman était fier de me présenter sa ville, la capitale de la Voïvodine, Novi Sad, une fourmilière de plus de trois cents mille habitants. Je fus immédiatement saisi par les grandes avenues et les bâtiments modernes, étalant leurs banques, leurs bureaux et leurs centres commerciaux sur de larges trottoirs.

En toute apparence, la ville était un pôle économique et financier. Je me dis qu'il devait certainement y'avoir un Stari Grad quelque part, mais fallait d'abord qu'on passe à l'appart de Roman situé dans les quartiers résidentiels Nord, face au Danube. Là, le décor était tout autre : barres d'immeubles tristes et fissurées, murs décrépis et fatigués, rues bosselées et déglinguées. L'odeur des bombardements de 99 traînait un peu partout.

Contre toute attente, l'appart de Roman était plutôt joli, vaste, confortable et chaleureux, baigné de cette lumière ocre et feutrée de la fin du jour, avec une vue imprenable sur le Danube.

« Tu vois Kalache, d'un côté t'as les facs et de l'autre t'as le centre.
– Je vois surtout le Danube.
– C'est un peu comme la mer à mes pieds.
– Du coup, pas besoin de partir en vacances.

– Exact.
– Et tu loues cher ?
– Que dalle, c'est à mon père. Va te prendre une bière dans le frigo et fais comme chez toi. »

Sans me faire prier, j'attaquai la binouze avec Miladin. Roman en profita pour se retaper à sa façon. Il se doucha, posa un rondin, passa quelques coups de fil et se barra régler des affaires. Avec Miladin, comme on avait rien à pignoler et pas grand-chose à se dire, on torcha deux litrons chacun. Quand Roman réapparut, on était écroulés sur le canapé, comateux et fin prêts pour un bon roupillon.

## 3

« C'est parti les amis !
– Quelle heure il est ?
– Dix-sept heures, Kalache. On part avec un peu d'avance, comme ça t'auras le temps de faire du shopping si tu veux.
– Chouette. »

On prit le nécessaire de survie, blé, clopes et CB, puis on alla se faire voir ailleurs. Autre sortie d'immeuble, autre environnement. De droite et de gauche, tout le long d'une avenue très fréquentée par les automobilistes, le centre-ville étendait jusqu'à nos pieds sa myriade de bars, de restos et de petites échoppes. Face à nous se dressaient des bâtiments administratifs éléphantesques entourés de jardins et de places publiques.

Roman nous installa à la terrasse d'un bistrot encastré dans son immeuble. Autrement dit, on n'avait pas fait trois pas qu'on était déjà vautrés sur des fauteuils en rotin, clope au bec et chopine à la main. Il demanda la clé wifi au barman et me fit écouter des groupes de musique serbes sur sa tablette. Ambiance. Il faisait beau et chaud, les terrasses étaient bondées, la vie urbaine grouillait jusqu'à la lisière des quartiers résidentiels. Je me demandais bien ce qui pouvait se passer d'autre ou de mieux dans la vieille ville.

## 4

Bières, bières, bières… On se releva à dix-huit heures, tant bien que mal, dans l'espoir insensé de traîner nos vieilles carcasses jusqu'au Stari Grad. En chemin, Roman me gratifia de trois-quarts d'heure de quartier libre dans un immense centre commercial. Je cramai ma CB en cartouches de clopes, en bouteilles de rakia, et deux boîtes de légos pour mes gosses. À chacun sa mondialisation…

On avait rencard au rooftop de la galerie, un bar à ciel ouvert juché sur le toit de la tour marchande : enceintes et spotlights perchés sur d'épaisses barres métalliques, salons de style minimaliste, *chic and lounge*, long comptoir à cocktails en verre laqué, cabine DJ flottant dans les cumulus et dancefloor surélevé revêtu de vinyle fumé.

Ça mixait à fond les gamelles. Des filles dansaient entre elles sur de la deep enivrante, les cheveux au vent et le regard dans le vide, accrochées à des barres de pole-dance qui transperçaient les nuages.

Affalé sur une banquette, sa clope au bec et son verre à la main, Roman m'attendait blotti dans un coin. Il semblait absorbé par un mélange de vertige et de béatitude, extasié par la vue panoramique. Novi Sad et son centre bouillonnant, ses parties résidentielles tourmentées, son Stari Grad truculent, son beau Danube azur et bosselé, puis de l'autre côté, sur un flanc de montagne accidenté, les restes éparpillés de la ville. Le soleil en déclin teignait l'atmosphère d'un filtre sépia qui remplissait mon âme d'un brin de nostalgie. On se serait crus dans une autre époque, sur une autre planète, dans une autre dimension, comme dans un rêve.

« Tu bois quoi, Roman ?

– Un Spritzer.

– C'est quoi ?

– L'apéritif à la mode. Vin blanc à l'eau gazeuse. En général, on t'apporte un pichet de pinard accompagné d'une bonbonne d'eau pétillante. Tu veux goûter ?

– Ouais. Ce soir, je te suis comme une ombre. Alors je vais prendre la même chose. »

Roman héla le barman en lui faisant un petit signe de la main. Une poignée de secondes plus tard j'avais mon Spritz'.

« Il est passé où, Miladin ?
– Parti chercher son copain.
– Copain… Copain ?
– Ouais, son copain, quoi.
– Genre petit ami ?
– Mmm.
– Pige pas… Dragan m'a dit qu'il était sorti avec Héléna.
– Miladin est bi, t'es con ou tu le fais exprès ?
– Non, y'a pas de lézard… C'est sérieux ?
– On dirait. En tout cas, son copain est cool, tu verras.
– J'ai toujours été persuadé que les Serbes étaient les rois de l'homophobie.
– Et pourtant c'est toi qu'a l'air étonné.
– Slurp…
– Les mentalités évoluent, Kalache. Dans les grandes villes comme Belgrade ou Novi Sad, les gens commencent à être plus ouverts que toi.
– Arrête Roman, je m'en roule les balloches ! C'est juste que « bi », ça surprend toujours… On croit que… Et puis on se rend compte que non… Et en fait si… Enfin tu vois ? On sait jamais trop bien, quoi…
– Si, rassure-toi. Même toi, tu finiras par tout savoir. »

On recommanda deux sprtiz-machins à la va-vite, aussitôt servis aussitôt torchés, puis on cargua la voile en direction du Stari Grad. Enfin !

5

Petit à petit, bâtiments et monuments anciens entrèrent en danse. Vraisemblablement restaurés d'après-guerre, ils respiraient le neuf et la propreté. Les rues étaient noires de monde. Des milliers d'étudiants et de jeunes travailleurs se restauraient avant d'attaquer la soirée. Ils mangeaient sur le pouce, debout dans la foutraille ou assis en groupes sur les bordures en pierre des boulevards.

Les façades n'étaient qu'une suite de comptoirs ouverts sur rue, où l'on vendait pizzas, büreks, chevap chi chi, et autre gabanica. On prit deux pains tsiganes et chup chup… c'était parti. Plus de temps à perdre avec la bouffe ou quelque autre contrainte. On s'enfonça directement dans la foule et on se laissa porter par le flot humain qui coulait jusqu'au centre névralgique de la nuit : le quartier des bars et des clubs.

À l'orée du Stari Grad, les grandes artères du centre-ville s'étiolèrent en rameaux de ruelles étroites et pelotonnées sous un ensemble architectural ancien mais entièrement rénové, en bâtiments colorés de taille plutôt modeste. On entrait enfin dans le poumon culturel de la ville par une succession de chemins et de places pavés où défilaient les institutions politiques et administratives, les galeries d'art et les musées, les édifices religieux et théâtraux, les hôtels de charme et les palais ottomans.

On déboula sur une esplanade farcie de terrasses de café. Le seul moyen de la traverser consistait à se faufiler entre les tablées, mais l'endroit était tellement blindé que ça grouillait de têtes et de bras.

Des édifices blancs aux toits de tuiles rouges encerclaient cette place avec une majestueuse église orthodoxe en tête de gondole. Quelque part au milieu de la fourmilière humaine, on finit par débusquer Dragan et sa bande, attablés en compagnie de Miladin et de son fameux copain. Ils nous avaient réservé deux chaises et nos bières étaient déjà prêtes, au milieu d'une chiée de pintes et de quelques trous de souris, au fond desquels on avait glissé des cendars invisibles. Il ne manquait à l'appel que nos deux culs crasseux d'ivrognes.

On s'embrassa et je sortis mon portefeuille, explosé sous la pression des liasses de dinars.

« Je vous dois combien, pour les binouzes ?

– Range ça tout de suite ! ordonna Dragan. Tu vas nous vexer.

– Garde tes billets pour la torche, renchérit Roman. Ce soir on te fournira tout ce dont tu as besoin. »

Durant les premières heures, j'usai de maints stratagèmes pour tenter de payer ma tournée, mais les

Serbes avaient toujours un coup d'avance. Pas moyen de sortir un biffeton. Se contentant d'un salaire misérable et survivant de combines diverses, mes compagnons de paprikash ne pouvaient tolérer que leur « hôte » ne crache le moindre dinar.

« Ce lieu est incroyable ! enchaînai-je. Une place entièrement dédiée aux terrasses des trocsons, je n'avais jamais vu ça auparavant.

– Je ne crois pas que cela soit autorisé en France, commenta Roman. T'imagines le tableau, un centre historique et spirituel inondé nuit et jour par un océan de bière, et qui ne dessaoule jamais…

– Comment se démerdent les serveurs pour arriver à rincer tous ces clients ?

– Cette café-place est un concept parmi d'autres, poursuivit Dragan. En Serbie, tous les rades ont leur identité. De nos jours, si tu veux prospérer, il faut te distinguer.

– Y'a pas qu'en Serbie.

– Ben on a le sentiment que les bistrotiers français n'ont pas tout à fait la même approche. On est déjà allés sur la Côte d'Azur, du côté de Saint Trop', Antibes et Juan les Pins, tu sais…

– Et alors ?

– On a eu l'impression qu'ils se contentaient de canarder leurs chaises et leurs tables sur l'asphalte.

– C'est parce que le cadre suffit à l'enchantement.

– Si tu le dis… Moi tout ce que je vois c'est que c'est pourri. Faut attendre une plombe avant d'être servi, le plus souvent de manière froide et dédaigneuse, et pour une blinde.
– Si vous aviez des touristes à Novi Sad, tu comprendrais.
– Ce que je comprends, c'est que le client renonce à repasser commande et qu'il se tire sans la moindre envie de revenir.
– Je te trouve un peu sévère avec la France, Dragan.
– Non, il ne faut pas surinterpréter mes propos, la France est un pays magnifique, avec une culture extraordinaire, un patrimoine historique incomparable, une diversité géographique improbable, ou encore une architecture urbaine à couper le souffle. Et quel peuple ! Certainement le plus généreux de l'Univers. Sauf que les bars… Enfin les bars ! T'as vu les BARS ??? C'est une plaisanterie ? Comment te dire ça délicatement… Disons que c'est pas votre spécialité.
– Je ne suis pas d'accord.
– La plupart du temps, l'accueil est pourave et les prix pratiqués relèvent de l'escroquerie. Et puis l'ambiance est inexistante. Tu verras ce soir, tu voyageras, tu t'amuseras et jamais, ô grand jamais, tu n'attendras pour boire.
– Et dépenser notre fric ! conclut Grgo en faisant se tordre de rire l'assemblée.

## 6

Avec deux litrons de plus au compteur individuel, les amis décidèrent qu'il était temps d'attaquer la tournée des bars. Une sueur froide perla sur mon front quand j'entendis cela. J'étais rôti.

« Parce qu'on n'a pas encore commencé, là ? lançai-je avec effroi.

– C'était juste pour se retrouver, fit Roman. Le programme officiel peut maintenant commencer. »

Je me levai péniblement pour suivre le groupe, chancelant tel un clodo aviné dans un état second vaguement agréable, pris en pleine montée d'alcool dans une bouffée de bien-être brûlante, encore au stade où le buveur se sent immortel et invincible.

Ruelles et bastringues défilaient les uns derrière les autres. On entra dans une avenue piétonne gavée de fêtardes, en brochettes de dix sur leur trente-et-un, tenues de soirée chics et sexy de rigueur.

Premiers pas premier bar : un spécial rakia. Rien de rustique et de tradi, bien au contraire, la déco indus' était élégante et raffinée. Murs gris anthracite bruts, sol en béton ciré, meubles et accessoires en métal, lampadaires de récup XXL et grands miroirs verticaux à cadres rouillés. Tous les serveurs étaient en costume trois pièces, très BCBG. Et comme ils connaissaient bien Roman et sa bande, tout le monde s'embrassa chaleureusement. Le boss me toisa un instant, n'ayant visiblement jamais vu un touriste de sa vie, puis il se retourna et ouvrit un grand placard réfrigéré où l'on pouvait discerner d'innombrables rangées de bouteilles de toutes les couleurs. Il en posa une chiée sur le bar et se mit à servir tout le monde. Tout le monde exceptée ma gueule.

« J'ai pas le droit de goûter ? lançai-je à Roman.
– Si, mais faut que t'attendes un peu. T'as droit au traitement spécial, un cadeau du patron.
– Et je lui dois combien ?
– Ma main dans ta gueule.
– Faut bien que je craque mon pèze ?
– Je te dis que c'est offert par la maison.
– Qu'est-ce qui est offert ?
– Tout, enfin toutes.
– Comment ça, toutes ?
– Le chef veut que tu les goûtes toutes. »

Sur ces bonnes paroles, l'amiral dégaina un plateau rond en inox, où il avait réparti douze verres à shot débordant de rakias différentes et bigarrées. Encore un beuglement serbe et tout le monde ferma sa gueule. Le cercle des clients se referma autour de moi en me dévisageant, et le bar s'arrêta de respirer.

« Tu dois tout boire cul-sec, aboya Dragan.
– Mais c'est de la folie ! Vous êtes complètement cinglés, je vais faire un coma éthylique ! »

Personne ne pipa mot. Et le silence dura… avec l'énorme poids des regards sur mes épaules. Cette fois, j'étais fait comme un rat.

## 7

Je pris mon courage à trois mains et torchai tous les verres de gnôle un par un. Histoire de marquer quelques breaks sans me faire lyncher, je tentai le coup des commentaires avisés : « Mmmmm… Pas mal. Assez fruitée celle-ci. Un peu plus liquoreuse celle-là, j'adore. Y'aurait pas une lichette de miel par-ci ? Une pointe d'épices par-là ? Très léger, un délice. »

À chacune de mes observations débiles, Roman faisait la traduc et le patron me gratifiait d'un sourire de satisfaction et de fierté. Enfin le dernier cul-sec, et l'assemblée triomphante se mit à hurler d'exaltation, façon de m'introniser comme un des leurs. Je fumai trois clopes d'affilée pour me remettre, suant des glaçons sur le rade, puis je sortis prendre l'air. Il faisait nuit et la terrasse tournait dans tous les sens.

Une forêt de parasols avait poussé en bordure de boulevard. On y buvait debout, accoudés à des tablettes circulaires enfilées à mi-hauteur de tige, autour desquelles fêtardes et fêtards se mélangeaient sans cesse en passant d'une ombrelle à une autre, d'un seul pas. Le populo poussait de partout tel un parterre de lichen, et je ne savais plus qui tournait avec moi. De temps à autre, une vieille branche émergeait de la brumaille et mon regard vitreux tombait dessus fortuitement. Puis tout de go, des nuages bourgeonnaient devant la bougie de ma raison lunatique… et l'hallucination s'évanouissait dans la nuit.

Devenu tout petit, je me suis fait absorber par un tapis de fleurs monstrueuses. La surpopulation féminine était flagrante, au plus grand plaisir des apidés de mon espèce. Alors je sortis l'aiguillon de la tchatche et me mis à lécher le nectar de pharmaciennes à clochettes, d'étudiantes à six pétales, de vendeuses à collerettes, d'esthéticiennes à étoiles, de jeunes danseuses délicates et autres aromatiques avocates.

Instruites et distinguées, ces filles s'exprimaient avec beaucoup d'intelligence, de charme et de raffinement, dans un anglais parfaitement bien maîtrisé. Tandis que je bourdonnais maladroitement, la cervelle noyée dans un océan de rogomme, une pluie de bière se remit à battre le pavé, offerte par je ne sais quel mauvais dieu caché. Encore une, que je me dis, impitoyable, diluvienne, et sans nul espoir d'abri.

Grgo interrompit mes méditations philosophiques en me passant le bras autour du cou :

« Tu veux niquer, Kalache ?

– Non, je discute.

– Tu veux niquer ou pas ?

– Non, je veux boire.

– D'accord, alors ce soir tu bois, et la prochaine fois tu niques. »

Il n'y allait pas y avoir de prochaine fois, mais Dragan avait l'oreille qui traînait.

« Ici, elles aiment bien les grands costauds comme toi, Kalache.
– Arrête tes conneries, Dragan. Je dragouille parce que je suis bourré comme un Polonais.
– не идиот[4], comme un Serbe ! gueula Dragan en s'esclaffant de rire. »

## 8

On se serra dans les bras comme des frangins et on mit les bouts. Je me traînais clopin-clopant derrière mes potes en me disant qu'au fond, j'allais peut-être bien finir mes jours ici, dans ce satané Stari Grad, errant de bar en bar en mendiant de quoi boire et fumer. J'étais attiré par une vie de clodo magnifique, dans le vertige et les flammes illusoires de la nuit serbe. Je brûlais d'un désir ardent de vie et de liberté, qui ne pouvait se consumer que dans le flamboiement de cette âme slave, crépitant au fond de mes entrailles marquées au fer rouge par la rakia et le paprikash. J'étais prêt à tout, tout perdre jusqu'à mon slip et tout envoyer bouler. Dans la fièvre hallucinée de ce crépuscule

4 не идиот: [NEIDJOT]: « non, idiot » en serbe.

méridional, je n'avais besoin de rien hormis trois verres, deux tiges et un frangin.

On avançait comme des escargots, sur un terrain miné de parasols, franchissant une par une les frontières délicates et invisibles de chaque assommoir. Je ne réclamais jamais, tout m'était servi sur un plateau. Et puis je dégueulai en plein milieu de la carrée. Ma troupe me ramassa en lambeaux et m'exfiltra illico vers un dédale de ruelles où lambinaient des milliers d'âmes en perdition. Malgré la foule, le pas s'accéléra, sans doute affolé par la gravité de ma blessure.

Dans l'urgence, lieutenant Dragan décida d'échouer notre barque sanitaire sur la grève d'un pub animé, à l'intérieur duquel bûcheronnait un groupe de hard en transe qui reprenait tous les vieux standards du heavy. Ça jouait sans prétention mais avec du panache et de quoi hystériser au lance-flamme un public foncedé comme un terrain de manœuvre.

Les zicos avaient l'air de vieux *Hells Angels old school*, avec la panoplie complète du *Chopper biker* américain : barbes et bandanas, *tattoos* et jeans troués, cuirs et boucles de ceinture western. Diable que ça tabassait ! Mais trop peu de filles à mon goût. Je me disais qu'elles préféraient sans doute les ambiances branchées des night-clubs house aux repères crasseux de rockeurs testostéronés.

Fan invétéré de metal, Grgo me tenait compagnie au bar en me payant bière sur bière.

L'espace-temps n'existait plus. Je ne savais plus où j'étais, quelle heure il était, qui et avec qui j'étais. La seule habileté utile à ce moment-là se résumait à mémoriser d'instinct le chemin des toilettes, afin d'aller gerber, pisser et chier, les trois occupations favorites de l'ivrogne en dehors du fait de se remplir. Plutôt logique en définitive : se remplir et se vider, la vie, tout simplement.

## 9

Je ne sais combien de temps on resta dans ce lieu démoniaque où les anges de la mort entonnaient leurs prières sataniques. Je jubilais de cet envoûtement musical et laissais la damnation consumer mon corps et mon esprit. Le public hurlait, buvait et fumait sans interruption. Il régnait dans la salle une chaleur infernale, diffusée par le magma de la sueur des spectateurs en transe.

J'eus un haut-le-cœur et sortis prendre l'air. Roman était là, clope au bec et verre à la main, comme à son habitude. On squatta le milieu de la voie, secoués par le flot ininterrompu des passants, jusqu'à ce que deux colosses se mettent à nous fixer méchamment. Mines patibulaires, treillis, bombers et crânes rasés, les gars faisaient salement flipper. Sûrement des cogneurs, que je me dis. L'un des deux nous lança :

« Eh les guignols, restez pas au milieu de la rue ! Vous empêchez les passants de circuler. Y'a des vieux

qui veulent rentrer chez eux sans se faire emmerder. Si tout le monde faisait comme vous, personne ne pourrait circuler.
– Pas de problème, on va s'écarter, répondit Roman tout penaud. »

On fit nos excuses aux deux bourrins et on se colla aux abords du café-concert.

« C'était qui, les deux semi-remorques ? demandai-je à Roman.
– Surveillance et Sécurité, un duo mafieux qui consiste à instaurer des conditions favorables au business.
– Quel business ?
– La grande criminalité, banane ! Le calme et la sérénité dopent la consommation. Le désordre stresse les gens et nuit au commerce.
– Et si je fous le bordel ?
– On te retrouve dans le caniveau.
– Tu trouves ça bien ?
– Belgrade a récemment été élue ville la plus sûre d'Europe.
– Tu déconnes ?
– Les gros bonnets sont dorénavant des mandataires en costard cravate ou de richissimes entrepreneurs. Après, la pyramide hiérarchique dégringole aux notables achetés et corrompus, enfin les milices et autres petites frappes qui gèrent les affaires délicates.
– Genre nos deux géants verts ?

– Entre autres, les « mains du roi » si tu préfères. Elles règlent les conflits des chefs et font tomber les concurrences arrivantes.
– Et que fait la police dans tout ça ?
– Elle se fait abondamment rincer pour laisser faire. Tu sais Kalache, la fin de la Guerre a ouvert plein de nouveaux horizons pour les criminels et les assassins. Vous avez ça chez vous aussi, ça s'appelle le néo-libéralisme mondialisé.
– T'as pas répondu à ma question, Roman. Tu trouves ça bien ou pas ?
– Ni bien ni mal. En fin de compte, rien n'a jamais changé, le pouvoir et l'argent vont toujours aux mêmes. C'est comme ça chez vous aussi, non ?
– Oui, avec l'ordre et la sécurité en moins.
– L'ordre et la sécurité se payent, comme tout le reste.
– Chez nous aussi tout se paye, d'une manière ou d'une autre, mais de manière légale. C'est ça le plus fou en fin de compte.
– En France aussi, vous avez des patrons voyous et des dirigeants corrompus ?
– Oh que oui !

## 10

Grgo vint nous chercher :

« Eh Kalache, n'oublie-pas que t'as un avion à prendre. L'horloge tourne et faut qu'on te fasse visiter un bastringue. Pas vrai Roman ? »

Roman regarda sa montre et une lueur d'éveil éclaira son regard :

« Foutre Marie mère du foutre de Dieu ! T'as raison, faut qu'on débarrasse le plancher !

– J'ai le temps d'aller pisser ?

– Bien sûr Kalache. Va aux chiottes le temps que je resserre les rangs. »

Immuable rituel : pisser, gerber, déféquer, puis recommencer la boucle infernale à plusieurs reprises. J'éclusai ma huitième vie en sachant que j'attaquais ma dernière. On se retrouva dehors, en compagnie des deux videurs qui nous avaient engueulés.

Alors on emprunta le fameux couloir central de circulation, la voie rapide pour piétons pressés. En à peine cinq minutes de marche, on arriva devant un café plutôt classique, sans charme, « à la française » comme diraient mes amis serbes. Je fus immédiatement intrigué par l'absence totale de consommateurs en salle. Juste un barman affairé à des tâches de barman… et le proprio qui faisait son proprio, à treuiller derrière le zinc en bonne compagnie.

Je me disais que ça craignait le pâté. Cela dit, si les autres avaient tant insisté c'est qu'il devait y avoir une surprise cachée.

Je franchis le seuil un peu stressé. Pas un coup d'œil, pas un bonsoir, pas le moindre geste à notre égard. Mes amis se dirigèrent automatiquement vers une trappe de sol qu'ils déverrouillèrent. Poussé par un vent violent de brouhaha, un altocumulus nicotiné s'en échappa, dévoilant après dissipation un escalier en colimaçon.

Au sous-sol, je découvris une salle assez tradi, avec des tables et bancs de bois, un plafond voûté de cave ancienne et des murs bruts en pierre apparente. C'était pas vilain, mais il était inconcevable que les clients affluent pour le décor.

## 11

En bas, encore un groupe de mastards en tenues paramilitaires. Ils occupaient la moitié des lieux avec une poignée de belles de nuit. Des instruments de musique étaient posés sur une petite estrade : accordéon, tambura, violon, guitare et basse acoustiques. Je compris de quoi il en retournait lorsque je débusquai deux roms un verre de spritzer à la main.

Notre mauvaise troupe s'attabla dans la moitié libre de la salle et Miladin réapparut comme un poil de cul sur un plat à barbe, sans son copain, mais en compagnie de quatre aphrodites slaves. Je me disais qu'il s'emmerdait pas, ce plombier Casanova, à se gaver à tous les râteliers.

Les autres roms finirent par débarquer, synchro avec la première tournée. Ils saisirent leurs instruments et se mirent à jouer comme des diables sur un rythme effréné. Ils chantaient à tour de rôle, puis entonnaient des refrains en chœur, suivant des mélodies fortement imprégnées d'un savoureux mélange de musicalité tzigane, orientale et slave. Ça jouait vite, très vite, de plus en plus vite, dans une spirale étourdie de répétitions entraînantes et un tantinet mélancoliques.

Tous les clients du bar commencèrent à gueuliber ces chansons traditionnelles serbes qu'ils connaissaient sur le bout des doigts. En transe, les filles montèrent sur les tables afin de se déhancher au centre de ce sabbat solsticial, enflammant l'auditoire par un sortilège irrésistible et connu de tous.

Le répertoire rom, enraciné dans le patrimoine serbe depuis des temps antédiluviens, brûlait les cœurs et illuminait les regards. L'ambiance était délirante, la musique était infernalement divine, les corps gracieux étaient possédés. Je sentais mon âme sortir de ma chair et s'unir au grand esprit délicieusement maudit de la Serbie. En bon ivrogne qui se respecte, j'eus l'impression de vivre une révélation : malgré mon argent, malgré mes possessions, malgré mon orgueil occidental, je vivais comme un con.

Mes racines slaves me rappelaient à la maison. J'étais enfin chez moi. L'alcool coulait dans mes veines, la fumée me remplissait les poumons, le chant des sirènes inondait mon crâne, la langue de ma mère berçait mon cœur avec un long frisson de fièvre, les bras chaleureux de mes frères et de mes sœurs m'avalaient au fond d'un firmament à l'envers, jusqu'au sein de la terre, dans le magma honni de cette force slave qui fait rire de tout et pleurer de rien.

*Égarés dans la neige et le froid des Tatras*
*Suffit d'une bonne gorgée de Borovicka*
*Dans la ventrée*
*Pour que les sherpas slaves se remettent à grimper.*

Poésie à deux sous ! Saoul ! Juste saoul comme un cochon, entouré de toute une porcherie pleine de pourceaux dans le même état que moi, riant, chantant et dansant façon de narguer la vie, la mort et surtout le bon Dieu, ce fichu petit ouvrier d'abattoir.

## 12

Au réveil de mes méditations alcooliques, je réalisai qu'un Iroquois ne cessait de me toiser du regard. Ça puait salement la baston, entre une chiée de barbac hooligan d'un côté et une sacrée bande de fiotes de l'autre (désolé Miladin, c'est juste une façon de parler).

J'ordonnai que l'on ne me serve plus d'alcool, tenant à préserver un minimum de lucidité pour survivre à la bataille annoncée. Depuis notre arrivée, j'étais déjà allé dégueuler trois fois aux latrines et je ne valais plus tripette.

Cela dit, entre deux chansons, le barman vint quand même me servir un Spritzer géant, composé d'un mathusalem de vin blanc et d'une grosse bonbonne d'eau gazeuse.

« Putain les gars ! Rrrroooohh… Faites chier, j'avais dit que je voulais plus rien avaler !
– Ça vient du monsieur qu'est là-bas, de l'autre côté de la salle, m'expliqua le serveur.
– Le type avec la crête ?
– Tout à fait monsieur.
– Vous plaisantez ?
– Ma parole. »

(Drôle d'expression tout de même, que ce « ma parole » serbe qui revenait tout le temps…)

Le hooligan leva le bras vers moi, tout sourire. Il avait flairé le touriste et son cocktail Molotov herculéen venait témoigner de son hospitalité.

Même pas eu le temps de torcher mon premier verre qu'on se retrouva tous bras dessus bras dessous à sautiller autour de l'orchestre rom, entraînés dans une formidable farandole.

J'ouvrais la bouche et beuglais par imitation, m'évertuant à reproduire les sons et grimaces environnantes. Le délire dura deux bonnes heures durant lesquelles je ne cessai de danser, de boire et de gerber en boucle. Plus la moindre notion du temps et de l'espace, plus aucun repère parmi ces inconnus qui m'embrassaient, me gavaient et m'entraînaient dans leur vortex abyssal. Les billets de dinars tourbillonnaient autour des musiciens, qui les attrapaient au vol et les accrochaient aux cordes de leurs instruments sans ne jamais s'arrêter de jouer. J'en profitai pour liquider mes liasses de biffetons serbes. Et à chaque oblation, la musique battait plus forte, les voix tonnaient plus vives, et le rythme s'emballait plus fou, jusqu'à ce que la transe ait définitivement raison de mon âme.

Souvenirs évanouis, black-out et quelques fragments de visions post mortem.

Des sherpas me portent et me jettent sur la banquette arrière d'un taxi. Puis ces dernières paroles : « Cette fois t'as bu, la prochaine fois tu baises ! »

## 13

Le chauffeur me réveilla à l'aéroport de Belgrade. La course avait déjà été réglée. Il était six heures du mat' et j'avais une heure à tuer. Mission douane en mode zombi, direction les tartisses de la zone d'embarquement histoire de foutre ma gerbe et de chier, encore. Puis j'allai casser ma canne sur un fauteuil club de l'espace détente où sans prévenir, l'avion me siphonna, me décolla et me vida dans ses vécés aseptisés.

À l'aéroport de Mulhouse-Bâle, je fus régurgité sur un tarmac suintant de pluie amère… et suisse… à dégueuler… alors je dégueulai… puis je fus emporté… je regagnai quelque refuge afin de rendre mes tripes et mouler du rondin… enfin je pionçai… juste une demi-heure, en attendant des bagages invisibles et oubliés.

*Jouir et souffrir*
*Se remplir et se vider*
*S'endormir et se réveiller*
*Dans un autre hall d'aérogare*
*Seul*
*Perdu*
*Et à nouveau en vie.*

Je finis par me jeter dans la gueule du premier douanier suisse qui se pelait le haricot.

« Bonjour monsieur, est-ce que vous pourriez me dire où se trouve la sortie française ?
– Oui, à votre droite.
– Merci.
– Srbsko ?
– Da.
– Quelque chose à déclarer ?
– Nè.
– Ouvrez vos bagages s'il vous plaît.
– Govno…[5] »

Bienvenue sur Terre, Kalache.

---

5 Govno : « Merde » en serbe.

Cet ouvrage a été composé dans les ateliers de

Black-out

La Villatte 87220 Eyjeaux
N'oubliez pas de visiter notre site :

www.les-editions-black-out.com

Photos de Simon Woolf.

Ce livre a reçu le soutien de la région Nouvelle Aquitaine.

---

Achevé d'imprimer par Copy Média
Mérignac
Dépôt légal : février 2018
ISBN : 978-2-916753-44-7